俞白眉
武田田
——
著

looking
up

文匯出版社

contents

第一章

第二章

第三章

第四章

第五章

第六章

第七章

第八章

第九章

第十章

第十一章

第十二章

第十三章

第十四章

第十五章

第十六章

目 录

平凡的一天　　　　　　　　001

飞向太空　　　　　　　　　009

飞船搞丢了　　　　　　　　015

回到一九九〇　　　　　　　023

那是我爸爸　　　　　　　　031

我爸爸不见了　　　　　　　039

新的生活？　　　　　　　　045

小马回来了　　　　　　　　055

有请阎主任　　　　　　　　063

一次疯狂的打赌　　　　　　075

美妙的二人世界　　　　　　085

当命运掐住你的喉咙　　　　097

爸爸的第一次魔法　　　　　105

爸爸的第二次魔法　　　　　119

魔术师的烦恼　　　　　　　127

小高老师　　　　　　　　　135

contents

第十七章

第十八章

第十九章

第二十章

第二十一章

第二十二章

第二十三章

第二十四章

第二十五章

第二十六章

第二十七章

第二十八章

后记一

后记二

目 录

睁大眼睛看看世界　　　　145

永远，别认输！　　　　155

爸爸的选择　　　　163

最甜蜜的旅程　　　　171

洪水！洪水！　　　　181

履行赌约的时刻　　　　191

《不可错过的时光》　　　　199

火光冲天的狂欢　　　　207

我变了，学校也变了　　　　215

马飞飞向太空　　　　223

可怕的秘密　　　　231

回家　　　　241

不可错过的时光　　　　249

那些后悔过的瞬间　　　　255

第一章 平凡的一天

二〇二一年七月十七日。

对于大部分人而言,这是许多个平凡日子中的又一天。

人们早上起床,一边刷牙一边打开手机翻阅新闻。吃早饭时,让电视开着作背景音。开车上班的路上,扭开收音机,有一搭没一搭地听着,缓解堵车的烦躁情绪。

一切如常。

手机界面上、电视荧屏里和收音机内快速闪过了一条信息,在芸芸众生的繁杂心事里显得那么微不足道。然而,对于本书中出现的人物而言,这条信息那么重要!这一天,那么重要!

今天下午五点二十五分,曙光十六号即将从酒泉卫星发射中心出发,实现中华民族又一次遨游太空的航天梦。这一次,载人飞船将破历史纪录地在轨驻留长达六十天。

酒泉平时是个寂寞的地方。

这座建在广袤戈壁滩上的城市既没有香的泉，也没有冽的酒，只有巨大的卫星发射塔、大量的仪器设备和匆匆穿行其间的工作人员。

如果是抱着"葡萄美酒夜光杯，欲饮琵琶马上催"的想象来到这里，你恐怕一定会失望，因为这些冷冰冰的房屋和机器看上去实在不够浪漫，更别提那些表情严肃的科学家和员工。

然而，当你抬头向上看，顺着塔架那数以万计的梯级一直看到顶端，看向那又高又远又深邃的蓝天，一股突如其来的热流会攫住你的心。

多么浪漫！

渺小如微尘一样的人，竟有这样的智慧、力量和勇气飞上蓝天、飞入深不可测的宇宙！没有比这更浪漫的事。

二〇二一年七月十七日，又一次见证了这种超凡脱俗的伟大浪漫。

酒泉卫星发射中心的问天阁里挤满了人。别看这房间名字豪迈，其实没多大面积，来的人稍微多点儿就密

第 一 章

平 凡 的 一 天

不透风。

现在这间屋子就密不透风。

世界主要媒体的记者都到了,每个人都拼命把话筒往坐在台上的几个人嘴巴底下伸。摄像师们见缝插针地举着机器,闪光灯啪啪作响。

台上坐着三个人。

左边坐着的是这次任务的总指挥潘万里。如果不是当面见到,你很难想象一位身经百战的总指挥会这么普通。他个子不高,黑黑的脸,身材甚至略微发福。在大街上迎面过来这样的中年人,任谁也不敢猜测他上过太空。

坐在他旁边的是位约莫四十岁的男人,面部线条硬朗,神情沉着,令人见之心生依赖。他面前的牌子上写着:航天员顾星河。

顾太太今天也来到了问天阁。

当年他们的相识还有一段佳话:还在读书的顾太太跟同学到游乐园坐过山车,后排坐着同被朋友拉来的顾星河。过山车翻滚之中,所有人鬼哭狼嚎,姑娘只听后排传来阵阵哈欠声,中间还接了个电话。车停了,飘来一句话:"咱们刚才的游园路线不太合理,我在最高点看了公园全貌,重新设计了一下。"

姑娘深感讶异,从此倾心。

一位女记者高高举起话筒,问道:"顾指令长,作为中国经验最丰富的航天员,这已经是您第四次太空旅行了。身处外太空,如果只能对地球说一句话,您会说什么?"

顾星河的目光越过女记者,看向台下第一排,微笑着说:"不要舔牙床!"

所有人都愣住了。

"我是说给我女儿恰恰的。"

所有人的目光聚焦第一排。

梳着两条羊角辫的小女孩正依偎在妈妈怀里,咧着大嘴看着爸爸乐,门牙处是个黑洞洞的大豁口,令她的笑容格外引人注目。

小女孩忽然发现全场人都在看她,不好意思地红了脸,下意识地又用舌头舔了舔空洞的牙床,抬头一看爸

第 一 章

平 凡 的 一 天

爸,赶紧捂住了嘴,眼睛却狡黠地笑了。

顾星河忍不住走下台来,抱起女儿。

"你不是总问爸爸出差去哪儿吗?天上。爸爸在天上任何时候都能看见你。所以,不许舔牙床!两个月后,爸爸给你摘个星星回来。"

提问的女记者发出一声赞许的叹息,带头鼓起掌来。

全场潮水般的掌声里,刚刚把女儿交给顾星河的孩子妈妈却笑得很勉强,笑着笑着眼圈就红了。她假装转头看旁边的人,偷偷擦拭眼睛。

旁边的座位是空的。这是第一排唯一的空座位。她不由看向台上坐在最右边的那位航天员——他的家人怎么没有来?

航天员马飞也望着空椅子出神。

他看上去有点年轻,可是当他沉静下来的时候,你又会觉得,他的眼睛里有和顾星河一样的光,令人心生信任和依赖。不,那是比顾星河眼里更亮的光,在信任和依赖之外,投向某种更热烈的东西。

"马飞你好,这是你第一次执行航天任务。你也有话要对你的家人说吗?我们注意到座位席是空的,你家人在吗?"

潘万里抬起头,关切地看着马飞。顾星河抱着恰恰也看向他。记者们看看他,又看看第一排的空椅子,开始交头接耳,窃窃私语。

马飞望着空椅子出神。一些画面正从他的脑海里呼啸而过。影子、声音,激烈的、温柔的……轰鸣作响。

"马飞?马飞?"

马飞笑了笑:"我妈老说,有本事你咋不上天呢?妈,我现在做到了。"

全场发出忍俊不禁的笑声。马飞收敛了笑意,严肃起来。

"还有一个至关重要的亲人对我说过,人生就像射箭,梦想就像箭靶子。如果连箭靶子都找不到的话,每天拉弓还有什么意义?谢谢你!我要发射我的梦想了。如果你现在也在看电视的话……"

他忽然凑近话筒:"X,Y,Z。"

第 一 章

平 凡 的 一 天

"X，Y，Z？什么意思？是坐标，还是什么行动代号之类的？"

马飞微笑着眨了眨眼:"胜利返航的时候,我会公布正确答案的。"

第二章 飞向太空

碧空如洗。

一朵、一丝、一滴云都没有。正是适合出征的天气。

酒泉发射中心圆梦圆广场上红旗猎猎。马飞和顾星河已经穿好了宇航服，手提通风箱来到塔架前。

电梯停在了塔架九层。火箭舱门徐徐打开。马飞和顾星河对视一眼，都深深吸了口气。

"上次出任务回来，有记者问我，站在舱门口时你是如何消除紧张情绪的？"

"如何？"

"我知道并没有紧张这个选择。"顾星河微微一笑。

火箭舱门关上了。

在辽阔广袤的戈壁滩上，火辣辣的阳光照射下来，载人火箭像一个巨大的金色箭头，直指苍穹。

一切准备就绪。

耳机里传来指挥中心的无线电指令："第四层回转平台打开……返回舱舱门关闭……轨道舱舱门关闭……气密性检查整流罩阀门关闭……一分钟倒计时……"

马飞和顾星河系紧束缚带，放下头盔面镜，用手势示意一切就绪。

……五、四、三、二，点火！

山呼海啸般的轰鸣声中，几百吨高能燃料开始燃烧。火箭尾部喷射出炽热火焰，发射台下储存的上千吨水瞬间化为水蒸气。烈焰与水雾之中，火箭徐徐升空。

飞行速度一点点加上来，推力越来越大。马飞和顾星河紧闭双眼，屏住呼吸，承受着剧烈的抖动负荷。那是令人肝胆俱碎的压力，是自然之神向英雄发起的第一次挑战。

终于，抖动和缓了。整流罩打开，阳光照了进来。两人睁开眼睛，艰难地抬起右手，戴着厚厚的宇航员手套，冲着摄像头敬了一个标准的军礼。

发射大厅里观看大屏幕的人群爆发出欢呼声。潘万里的眼角有些濡湿了。

恰恰兴奋地在屏幕前跳来跳去，模仿父亲敬礼的样子。

"爸爸！爸爸！我爸爸去摘星星啦！"

顾太太一把搂住她，抱上膝盖，自己却早已泪流

第 二 章

飞 向 太 空

满面。

旁边的座位仍然空着。

……逃逸塔分离……助推器分离……太阳帆板展开正常……曙光十六发射正常……北京航天指挥控制中心报告,曙光十六号载人飞船准确进入预定轨道,航天员乘组状态良好,接下来飞船由北京航天城飞控中心进行实时控制。

飞船像一匹战斗中的烈马,颤抖着冲出大气层,进入了外太空。

所有的嘈杂声响戛然而止。

马飞和顾星河觉得身子一轻,明白自己已经进入了失重状态。

没有了大气的遮挡,从舷窗射进来的光线非常明亮。细微的灰尘仿佛都活了,小鱼一般在光线里游来游去。而小鱼穿梭躲藏的水草则是飞船里的所有绳子和束缚带,它们全都竖立起来,微微摇动。

舱内的一切在地球上仅仅是器具和物体,在太空中却获得了崭新的生命。

自由了。

马飞向舷窗外看去。

即便欣赏过无数次地球的影像和照片,当她真的展现在肉眼前时,那种震撼依然无与伦比。

大片蓝色包裹着浑圆的球体。淡蓝、深蓝、蔚蓝、靛蓝……颜色深的像油彩,浅的如水粉。深浅不一的蓝色之中,浮现出黄褐的陆地和碧绿的森林草原,微微有些发灰的是耸起的山峰,崇山峻岭在油彩和水粉的底色上构成了皱染的纹理。

所有的色彩都在明媚地呼吸着、流动着、奔跑着。大气层中漂浮着白云,像最甜美柔滑的新鲜奶油,随意地涂抹在色彩上。当你想定睛看得更真切时,一切又随着地球的转动和飞船的飞行转瞬即逝。

这明媚的弧线之外,是幽深的宇宙。

真空赋予宇宙最深邃的黑色,任何向宇宙深处投去的一瞥似乎都会迅速地被吸收湮灭。

第 二 章

飞 向 太 空

大大小小的群星远远近近地闪烁着。人类对各色宝石天然的喜爱一定来自这些星星,然而即使质地最为纯粹的宝石也只是对星星最拙劣的模仿。宇宙中真实的星体清澈透亮,光线锐利如刀,饱含来自千万光年之外的能量。

马飞贪婪地看着。

顾星河解开束缚带:"第一次从这个角度看地球,什么感想?"

"大西洋不是瘪着的。"

顾星河一愣。

马飞笑了:"我从小形成的印象,大西洋应该瘪下去一块儿,大半个非洲都有点儿坑坑洼洼跟被狗啃过似的,北极,地球的顶部,是鼓出来的一个大包。"

"嗯……你们地理是体育老师教的吗?"

马飞又转头看向窗外,眼睛里反射出星光:"多美啊。如果他也能看见这些就好了。"

"谁?"

没有回答。

第三章 飞船搞丢了

一个多月过去了。

顾星河和马飞的身影常常出现在全国的屏幕上。

他们在商场的巨幅电子广告牌上打球。

他们在学校报告厅的投影画面上执行航天任务。

他们在各家各户的电视机里吃饭、娱乐。

时间流逝。

全国的屏幕里传出同一个声音："……刚刚得到的消息,漫长的五十七天之后,曙光十六号已经顺利完成航天任务。三天之后,航天员顾星河和马飞即将胜利返航……"

九月十二日凌晨三点四十五分。

咖啡机前,一脸倦容的总指挥潘万里活动僵硬的身体,重新振作,神采奕奕地走回来。站在总指挥身边的一个工作人员抬起头来,无意中看到屏幕上闪烁的一组数据。

他站了起来,脸色骤变,张了张嘴嘶哑地喊出来:

"总指挥!"

潘万里连忙走了过来,工作人员迅速围聚在他的身后。

震惊和焦虑浮现在所有人的脸上。

第二天清晨。

航天总局大门口被各路媒体堵了个水泄不通。

记者们你推我搡,话筒挨着话筒,电线缠着电线,却谁都不说话,眼睛都紧盯着路口。

忽听有人喊了一声:"潘总指挥来了!"

人群轰的一声全围了上去,骤然掀起了声浪。

"总指挥,能否接受一个简单的采访?距离曙光十六号返航还有最后两天,飞船失去联系是真的吗?"

潘万里系紧风衣的纽扣,并不答话,脸色阴沉着快步走进了航天总局大楼。大楼的会议室里,还有一场更严峻的考验在等着他。

总局的会议室有一种上世纪八十年代的装修风格。四白落地的墙面,简单的石膏板吊顶,赭红羊毛地毯。窄窄的玻璃窗上挂着米色的织锦窗帘,窗台下面是用来包裹暖气片的木头箱子,热胀冷缩给桦木箱子表面留下

第 三 章

飞 船 搞 丢 了

了斑驳的纹路。

秋天里,这种缺乏采光的朴素装修越发显得室内暗淡寒冷。

整间屋子里只有一件东西傲然而立、光彩夺目,那便是大门正对的墙上高悬着的卫星模型——我国第一颗人造卫星"东方红一号"的实物模型。

现在,潘万里就站在"东方红一号"底下,艰难地陈述着:

"飞船变轨之后,天基测控通信系统突然失灵……具体失联的原因还在进一步调查。我们会用全球定位系统继续追踪,海上测控部六条测量船也在同时工作。当然,这种极端情况我们也有应急方案——正常情况下,飞船会启动自主返回系统的。"

会议桌的另一端坐着一位老者,显然是位首长。

首长的头发全白了,眉毛却依然浓黑,根根竖立,异常威严。隔着一条长桌,潘万里都能注意到这两根浓黑的眉毛中间打上了一个结。

"你是说,被你们搞丢了的飞船会自己跑回来?那还等什么？开庆功会吧？"

潘万里低下头，沉默。会议室陷入死寂。

首长推开转椅，打开身后的电视机。

画面还未出现，已经传出高亢的《东方红》的旋律。紧接着，黑白的历史纪录片画面上浮现出一张张热烈跳动呼喊的狂喜面庞。

"一九七〇年四月二十四日，全世界第一次听到从太空里传回来的中国人的声音。第一颗人造卫星'东方红一号'上天，我就在现场。那年，我十九岁。"

首长悠悠地说。

所有参会人员都坐直身子，互相交换眼神。

潘万里抬起了头。

"五十多年了。'东方红一号'现在还在太空轨道里运行。它的设计要求是什么？"

"上得去、抓得住、听得到、看得见。"

执行了无数次任务，指挥了更多次的任务，潘万里对这十二字的设计要求简直熟悉得不能再熟悉。可这一刻，吐出这十二个字，他却感到连张开嘴发音都非常

第 三 章

飞 船 搞 丢 了

困难。

首长没再讲话,起身走了,其他人也匆匆跟了出去。会议室里只留下潘万里一个人。

已经是傍晚,屋内的光线越发暗淡了。电视里的音乐还在热烈地响着,与环境产生奇异的对比。他咬着牙关,握紧拳头,如一尊钢铁雕塑,死死地凝视着电视里的"东方红一号"卫星。

潘万里不知道的是,那座占据他所有心思的飞船里,此时的气氛倒相当平静。

太空舱里,马飞在翻阅手册。

顾星河飘了过来:"飞船的自主返回系统也出了故障。"

他顿了顿:"地球,我们回不去了。"

马飞看了一眼通信系统指示灯,又看了看顾星河。

两个人漂浮在舱里,半天,谁也不说话。

顾星河打破了沉默:"本来还跟闺女吹牛说摘个星星回去的,以后她妈只能随便往天上指一个星星说,那就是你爸爸的化身了。

"一个军人最好的结局，无非是在最后一次战役里，被最后一颗子弹打死。在宇宙中漂浮十亿年，是航天员最好的归宿了吧。

"说实话，这场景我在脑子里预演过无数次——唯一的遗憾，旁边躺着的怎么是你？咱们俩这算什么，合葬？"

一抹淡淡的微笑浮现在马飞的嘴角。

"往好处想呢，我们是不如地球上那帮土豪们活得豪华，但好歹比他们死得奢侈呀。这大棺材，不值几十亿美金？"

二人相视而笑，笑着笑着，笑意消失了，逐渐严肃起来。

"从来没听你说过，为什么要干航天员？"

"我和您不一样。您是中国航天史上的传奇，命中注定就得干这个。"马飞忽然转头看了看窗外的地球，"我呢，天生是世界上最蠢的孩子。比最蠢恐怕还要再蠢一点。我能有今天，都是因为我的家人。"

第 三 章

飞 船 搞 丢 了

"你的家人?出征仪式上缺席那位?"

马飞点点头:"若不是他,我绝对不是现在这个样子,更不可能成为航天员,出现在这里……"

第四章 回到一九九〇

一九九〇年九月,江西省东沛市。

解放大街两边插满了彩旗,按照设想,它们应当迎风招展,如今却纹丝不动。街道两旁房屋的屋顶上蹲满了人,窗台上趴满了人,行道树上爬满了人,人行道上稍微能下脚的地方都站满了人。密不透风的人墙发出轰鸣般的嘈杂声。空中,直升机在盘旋,螺旋桨的震动声混合在人声里,更显得嘈杂。

灯柱上的大喇叭忽然发出一阵锐响。伴随着《亚洲雄风》的歌曲,东沛市广播电台首席播音员的声音嘹亮地传了出来,在大街上回荡:

"……今天是一九九〇年九月十五日星期六。一个多月前,在海拔七千一百一十七米的念青唐古拉山,十四岁的藏族少女达娃央宗双手高高举起火种,拉开了第十一届北京亚运会火炬接力活动的帷幕。此次火炬接力预计行程十八万公里,参与人数一亿七千万……"

火炬手沿着路面划定的白线稳步向前,时不时朝两边的人群招手,引来巨大的欢呼声。所到之处,警戒线内的人群立刻向外涌动。负责维持秩序的警察隔三五米有一个,满头大汗地把涌出的人群挡住。

解放大街的尽头,雄伟的、横跨在东沛河上的,是新落成的东沛大桥,斜拉索的设计颇具现代感。

一只演员扮成的熊猫正在桥头憨态可掬地跳舞。整个九十年代,全中国没有比它更出名的动物形象了。它就是亚运会的吉祥物——熊猫盼盼。

熊猫盼盼身后站着一队幼儿园孩子。每个人的小脸蛋上抹着两团红,眉心用橡皮头蘸着胭脂点个红点儿。小女孩头上用黑色发卡别着粉色皱纹纸扎成的蝴蝶结,小男孩的纸蝴蝶结则系在脖子底下,权充领结。

小朋友们人手一朵小红花,在老师的指挥下上下挥舞。

"欢迎欢迎!热烈欢迎!"

整齐的红花阵列中,总有一朵节奏感和其他不一样,别人上去他下来,别人下来他上去,还总踩在口号的空隙里。

老师循着那朵红花,一把拽出个男孩。男孩臊眉耷眼,趔趄着出列。

第四章

回到一九九〇

"这孩子太高科技了。你爸妈合力把你研究出来就为磨炼老师意志的对不?到第四个热烈欢迎的时候单腿点地,能听懂不?能听懂那你点一个。"

男孩茫然地看着老师,听到问题,连忙不住点头。

"不是点头,单腿点地!"

男孩一愣,又懵懂地看看老师,最后似乎理解了,扑通一声双腿跪下。

"哎,我这心脏。"老师猛地捂住胸口,扭头用手指指脑袋,跟旁边人比画,"破孩子……缺根弦儿。"

本来在练习挥舞小红花的几个小孩凑过来跟着起哄:"缺根弦儿,缺根弦儿!"

众人哄笑声中,这个叫马飞的小男孩转过身,捂住耳朵,像鸵鸟一样把头扎向地面躲了起来。

今天是马飞六周岁生日。

半个小时之后,他会收到一份地球上任何孩子都从未见过的大礼物。他的人生,从此改变……

一位女记者奋力分开幼儿园孩子的队伍,在熊猫盼盼身旁站定,拿起大喇叭高喊:"下一棒的火炬手!谁看见下一棒的火炬手啦?"

与此同时,这个问题也在东沛市建筑设计院办公室助理吕骁的脑子里回响。

不,根本来不及回响。他必须马上找到那个人!跑着去找,以最快的速度!

奔跑对二百来斤的吕胖子来说着实有些费劲,尤其其中的几十斤还集中在肚子上,尤其这个肚子还被紧紧地包裹在崭新的西装三件套里。

吕胖子一手拎着个大袋子,一手拉开集体宿舍楼的大门,在黑漆漆的过道里一路狂奔。他觉得自己的肺快要爆炸了。

到了,到了!

"哐当"一声,他撞开一扇破旧的木门,瘫在门上龇牙咧嘴。

"祖宗!你怎么还在这儿?赶紧跟我走。"

屋里有个男人坐在桌旁,虽然只穿着白背心和运动短裤,但是浑身上下充满了活力。台灯橘黄色的光映着

第 四 章

回 到 一 九 九 〇

他黝黑的脸,异常温暖明亮。

他右手拿着画笔,左手捧着一个即将完工的地球仪。

窗外正唱到"亚洲雄风震天吼",他审慎地在地球仪上写下"亚洲"两个字,搁了笔,左右端详着,露出得意的笑容。

"亲手给我儿子做的。简直精美得无法相信自己的眼睛……知道为了大桥落成我有多久没见他了吗?"

说话间,他温柔地抬眼看了看书桌后面的墙壁。墙壁上刻着孩子的身高线——"八个月""一岁""两岁""三岁"……

吕胖子好容易喘匀了气,脱离木门站了起来:"那你知道大桥桥头有多少人等着?你想弄死自己吗?我的火炬手!"

"这才刚几点……"东沛市建筑设计院工程师马皓文笑着抄起闹钟,又看看自己的手表,猛地站起来惊道,"什么时候坏的?你怎么不早提醒我?太耽误事儿了你!"他一把摔了闹钟,抢过地球仪,飞一样地跑了。

吕胖子刚刚恢复直立,被这风一样的速度搞得目瞪口呆,好半天才醒过味儿来,忙跟了上去。

两人出了设计院大门,四下里一张望——大街是肯定走不通了,只能钻小巷子。平日里熙熙攘攘的巷子里空无一人,人全在巷子通往大街的路口堵着。

吕胖子一瘸一拐地追在马皓文后面:"衣服!……妈呀堵死了肯定过不去了。就剩八分钟了。"

"这边。"马皓文并不回应同伴的焦虑,左右看看,选了一条路又开始狂奔,一边跑一边接过装着火炬手服装的大袋子,开始换衣服。

这条近道是背街小巷,住户都把晾衣架和杂物堆在道边。火炬手马皓文依次打翻了五个晾衣架、两辆自行车、三个竹筐暖水瓶,跨栏式越过了一筐鸡蛋和两堆半煤球。

在他身后追赶的吕胖子则依次绊倒在前面打翻的东西上,收获了一些女式内衣、丝巾、棉线劳保手套和鸡蛋壳,并最终成功地坐在了煤堆上。

"你是残疾人吗?"已经换妥服装的马皓文冲吕胖子一乐,调整好发带,用手向前一指,"这边小道,插过去就是桥头……"

小道的尽头万头攒动。一个矮个子在人群后直蹦跶，无奈什么都看不见，只能百无聊赖地回头，忽然看见跑来的两位，眼睛放出光来："火炬手在这儿！"

众人在大街边站得脚酸，一无所获，这下闻言全都回头——可逮着个活的！众人兴奋地大喊着扑过来，二人不由大惊，返身就跑；人群黑压压地追在后面，场面十分壮观。

隔壁的巷子里，一个男孩满脸不高兴地趴在窗口，隔几分钟就踮着脚向外看，只能听见大街上远远传来的轰鸣声，什么也看不到。他看累了，抠着窗框上的木刺，怨恨地嘟囔："可我就想出去看火炬手！"

爸爸坐在扶手椅里看报纸，嗤之以鼻道："外面那么多人，出去你也看不见火炬手……"

话音未落，父子俩眼睁睁看着马皓文和吕胖子二人一前一后穿堂而过。

"亚洲！亚洲！亚洲！"马皓文捧着地球仪健步如飞。

爸爸手里的报纸飘落在地上："火炬手……举了个球？"

第五章 那是我爸爸

上一棒火炬手距离东沛大桥的桥头只有二百米了。

接棒的红线处并没有人等待。焦急写在桥头所有人的脸上。

熊猫盼盼早已无心起舞，不停转圈踏步，急得快哭了，心想："完了完了完了。"

火炬手发现交接线没人，步履明显迟疑了，慢了下来。越来越近，越来越近……火炬手的掌心出汗了，脚步变得机械，开始东张西望。

眼看就要撞线，一只大手有力地接住了火炬。

所有人长出一口气，热烈鼓掌。

人群中，吕胖子绽出松弛放心的笑容。他从口袋里扯出一件东西擦汗，定睛一瞧发现是条内裤，赶紧又塞了回去。

马皓文举着熊熊燃烧的火炬，稳步向前跑着。刚才拿大喇叭找他的女记者冲了过来，把话筒递到他面前："这位火炬手，就是我们东沛大桥的设计者——马皓文工程师！圣火跑过之后，本市最大的东沛大桥就会正式投入使用。我们请他来谈一谈……"

人群背后，小男孩马飞还像鸵鸟一样倒立着。他模模糊糊听到"马皓文工程师"几个字，急忙直起腰，扒开人缝远远地瞥见火炬手，眼睛忽地一下亮了。

马飞跳着举手："老师老师，那是我爸爸。"

"那要是你爸爸，那就是我祖宗！"

马飞见老师不信，急得没抓没挠。刚好旁边一个老太太站起来看热闹，把随身带来的小板凳撇在一边。马飞踩在小板凳上，扯着嗓子高喊："爸——爸！"

本来沿着划定线路跑步的马皓文瞧见了马飞，立刻大步流星地走了过来。

街两边有节奏的鼓掌和欢呼稀稀拉拉下来，变成了一片窃窃私语声。陪跑方队茫然地停下脚步，不知道是该跟着火炬手还是继续朝前走。

女记者本能地跟着马皓文，使劲一拉话筒线，后面摄影师被带了一个趔趄。

"同志？同志？正采访呢……"女记者捂着话筒低声提醒。

马飞在他短短的人生中第一次感受到了虚荣带来的

第 五 章

那 是 我 爸 爸

快感。

那些刚才还捉弄嘲笑他的孩子早已围绕在他身边,张大嘴巴羡慕地望着。老师的目光中也带上了一份赞许和亲切。叔叔、阿姨、爷爷、奶奶……桥头所有的人都在看——看着智慧而健美的马皓文工程师微笑着走向他的儿子,初秋的太阳在他脑后勾勒出明亮的光环。

"哦,那真的是我爸爸!"

微笑着走向儿子的马皓文,看着那个拼命向他挥手的小男孩,脑子里闪过无数的画面。六年前,他同样因为工作的原因迟到了……

他和吕胖子拉开集体宿舍筒子楼的大门,在黑漆漆的过道里一路狂奔。"哐当"一声,他们撞开一扇破旧的木门,门里传来婴儿的啼哭声。

他屏住呼吸,小心翼翼地走向床边。这间阴暗逼仄的宿舍里,咯吱作响的木头架子床上,摆放着世界上最稀有的珍宝——一个皱巴着脸、哭得正起劲儿的婴儿。他走近了,婴儿似乎感觉到了什么,忽然不哭了,睁开一双黑豆豆似的眼睛,好奇地打量着这位迟到的访客。

一股热流涌上他的眼睛,他不知道该怎么掩饰,只能一个劲儿拍打旁边的吕胖子:"我儿子!我儿子!我会让他变成世界上最棒的人!"

为了这句承诺,他看了很多很多书。

马皓文想起家里那一摞摞的《儿童心理学》《论教育》《天才儿童培养法》《爱的教育》……每一本书上都写满了笔记。他常常一边看书,一边摇着摇篮,看入了迷,孩子从摇篮里掉出去哇哇大哭,他都浑然不觉。

马皓文在心里莞尔一笑,摇了摇头。"书上说,教育的本质,在于平等。"他让马飞吃的那点小苦头,几年之后,马飞可是加倍奉还的。

那时,孩子三岁半吧?他下班骑自行车回家,胳膊底下夹着图纸。马飞和一帮小朋友躲在路边,等他靠近,大叫一声:"大怪兽!打他!"七八个孩子一哄而上,把他围在中间一通乱打,还用落叶堆把他埋了起来。

第 五 章

那 是 我 爸 爸

"我们给小树苗浇水吧。"这熊孩子提议。

初秋天气啊!兜头一壶凉水……马皓文想起来仍不禁打个寒战,思绪又飘到了马飞五岁那年。

"嘿嘿,在让对方吃苦头的水平上,我们势均力敌。"

幼儿园放学了,小朋友呼啦啦作鸟兽散。他们的爷爷奶奶背着书包、拎着水壶在后面紧赶慢赶:"小心摔着。慢点儿!"

作为唯一一位来接孩子的父亲,他却冲马飞高声喊道:"小乌龟,你就这速度吗?"他举起右手,用食指点点自己的脑袋,又瞄准孩子的脑袋,不屑地说:"动你的脑子。摆臂。摆臂才能让你更快一点。摆臂!摆臂!太慢了!还能更快吗?"

马飞被激怒了。他呼啸着,越过所有的爷爷奶奶,越过所有奔跑的小朋友们,越跑越快。然后,重重地撞在了树上。

马皓文"哎呀"一声闭上了眼睛,不忍心看,接着睁开一条缝。

马飞晕头转向地坐在树底下,头上鼓出一个大肿包。他看看爸爸,半晌,乐了。马皓文也乐了。

那天的太阳也像今天一样。

火炬手马皓文走到儿子身边,一把抱起他。谁能想到,那样一个红彤彤的小肉球,一个香香软软的小婴儿,竟然能长成这样一个结实的小男子汉?

人群簇拥在父子俩周围,微笑着,欢呼着。

"爸爸,为什么你举着大火把,他们还给你鼓掌?晚上你不怕尿床吗?"

"因为他们很喜欢爸爸的工作。这儿本来没有桥,过河要走很远很远的路。爸爸是魔术师,变了个大魔术,就有了这座大桥。等你长大一定要做自己最喜欢的事情。那样的话,你也可以举着大火把去地球上任何地方冒险。臭儿子,生日快乐……"马皓文温柔地看着儿子,把一直拿在手里的礼物递给他。

"地球仪!"马飞咧开大嘴。

这时,所有人的身后忽然连续传来了奇怪而细小的

第 五 章

那 是 我 爸 爸

声音。像梅雨打在山墙上的声音，像火烧竹竿的声音，像树枝折断的声音，像雪块翻滚的声音。声音由小变大，突然猛一声巨响！

马皓文的笑容消失了，他转过头去。

每个人都转过头去，脸上是难以名状的震惊。吕胖子只觉得头皮一麻，腿一软，直接瘫坐在了地上。熊猫盼盼戴着厚厚的头套，最后一个听到异常，本来还在蹦蹦跳跳，见所有人都停了下来，也摘下头套看。

"天哪。"

在全市人民的注目下，在它正式投入使用的第一天，东沛大桥——垮塌了。

刚才还热闹欢乐的场面瞬间变成了灾难片。人群混乱了，大人尖叫，孩子大哭；所有人都像没头苍蝇一样乱跑，鲜花和彩旗被撕得粉碎，踩在脚底。

只有马皓文站着，一动不动，面如死灰。他手里的地球仪不知何时摔在了地上，已经裂成了好几大块儿。

马飞兴奋地扯扯爸爸的衣袖：

"这个魔术太厉害了。爸爸，还能再变一次吗？"

第六章 我爸爸不见了

"爸爸的魔术太受欢迎了,他被接到一个非常神秘的地方去表演。如果我要去看一次他,需要坐大半天的公共汽车,走很远很远的山路。"那天,马飞在日记里写道。

一辆鲜艳的老式斯柯达红色长途汽车,在蜿蜒的山路上行驶。

车窗外不断退后的,是初春的群山。最初是一些毛茸茸的丘陵,灌木已经开始发芽,开出米粒大小的黄色花朵。慢慢的,山越来越高,植被变得单薄了、干枯了,有的山峰上还残留着冬雪。路边的石头越来越多,黑黢黢的山石高悬在公路上方,似乎随时都要坠落。

遮天蔽日的群山让长途车内的光线暗了下来,本来就拥挤的车厢显得更拥挤了。车里坐满了回家的乡民。老表们把包袱放在脚边,扁担横在膝盖上,抱着鸡鹅,小猪仔塞在座位底下,用家乡话高声攀谈着。隔一会儿,有人会使劲推开玻璃窗,向外吐一口痰,凛冽的山风一下子横扫进来,略略稀释车内浓郁的气味。

长途车的最后一排坐着个瘦削的女人,怀里抱着个男孩。两人都穿得很朴素,显然不是本地人。女人眼

神空洞，木然地坐着，心事重重。孩子却兴奋地左顾右盼，在妈妈怀里扭来扭去，对一切都感到新鲜。

"马飞，不要乱动！到了！"

两人走下长途车。不远处的山腰上，有一座堡垒似的建筑。深灰色的石头墙壁高极了，仿佛一直修到山顶，墙上铺满层叠盘绕的铁丝网。

妈妈深吸一口气，牢牢地抓紧马飞的手，走进监狱的大门。

监狱登记处对面，几个粗壮的犯人正搭着梯子修剪树木。看见有人进来，犯人狰狞地怒目而视。马飞一点儿没被吓住，反而瞪了回去，举起小手比作枪的样子："啪啪啪！"

刚做完登记出来的妈妈黑着脸，一把把马飞拉走了。

妈妈让马飞在会见室外面稍等一会儿，她和爸爸有很重要的事情要谈。马飞只好在门外的过道里玩跳房子，不停地竖起耳朵听屋里的动静。

屋里一直很安静。夫妻二人隔着桌子沉默地坐着。妻子馨予的眼睛红红的，显然哭过。桌子对面，马皓文与几个月前参加火炬接力时健美阳光的形象判若两人。

第 六 章

我 爸 爸 不 见 了

他黑多了，也瘦多了，一双手瘦骨嶙峋。

这双粗糙的大手正捏着一张纸，纸上写着：离婚协议书。

马皓文低下头："我的问题。是我的问题。"

"记住，是你毁了我们一家！"

在馨予颤抖的声音里，马皓文艰难地提起笔，写下了自己的名字。

门开了，马飞蹦蹦跳跳地跑进来："爸爸咱回家吧，我不想在这儿待了。地球仪摔坏了，你要替我修。"

馨予没好气地说："你爸没法替你修地球仪了，他得留下来在这儿修地球。"

"爸爸今天不回家。相信我儿子一个人绝对能修好地球仪。"马皓文勉强挤出一个微笑。

马飞大咧咧地说："我不会。王老师说我缺了根弦儿。"

"王老师胡说八道！"马皓文突然提高了声音，一直压抑着的情绪爆发出来。

"记住：不要别人说什么你就信什么，你是世界上最聪明的孩子。"他举起右手，用食指点点自己的脑袋，"只要脑子一直想一直想，你就永远不会缺根弦儿。你不光能修好地球仪，你还能干好地球上的任何事儿。"

馨予不耐烦了，怒气冲冲地说："又来了。这都什么乱七八糟的？"说着一把拽过马飞："走了走了……"

马飞一扭身，甩开妈妈的手，倔强地说："我不！晚上我就要跟爸爸睡。"

馨予拉下脸来，就要发火。马皓文忙蹲下来拉起儿子的手，柔声说道："玩个游戏好不好？你跟妈妈走，爸爸走另一条路，看谁先到家？爸爸有一个秘密武器——宇宙里最快的飞船，比光速还快。"

他用食指点点自己的脑袋，眨眨眼睛："快想想怎么办吧，我去取飞船了，我肯定赢你……"

马飞咧嘴笑了，也举起右手，用食指点点自己的脑袋，拖长声音稚声稚气地叫道："我——赢——你。"一边喊着，人已经抢先跑了出去。

看着儿子迅速消失的身影，马皓文明亮的眼睛瞬间黯然了，强打的精神再也支撑不住，颓然歪倒在椅子上，声音里饱含苦涩："最对不起的是儿子。只能有劳你多费心了。"

馨予款款起身，抿了抿嘴唇，微笑道："放心吧，

第六章
我爸爸不见了

我不会让他变成你这样的。"

会见室的大门正对着操场,一个胖胖的老狱警正靠在门上打盹,见里面的人出来,方才懒洋洋地站起来,从腰间解下一副手铐,例行公事地给犯人戴上。

这时,操场上忽然响起一阵急促的脚步声。马皓文低垂的头猛地抬起来——飞扬的尘土中,一个矮矮的身影冲了过来。

"妈妈快呀,千万别让爸爸超过……爸爸?"

马飞兴奋的叫声在看到爸爸手腕的一刻戛然而止。他停了下来,懂了。

时间凝固了。

马飞突然又发力奔跑起来,他一路向着爸爸跑过来,扬起更多的尘土。他跑过大门,跑过铁丝网,跑过干活的犯人群……什么都阻碍不了这孩子!

他一直跑到爸爸跟前,紧紧搂住爸爸的腿,再也不撒手。

父子俩紧紧地抱在一起。

妈妈看着,狱警看着,犯人们看着,远处的哨兵看着,环绕的群山看着……所有人默默地看着这一切。

第七章 新的生活？

"爸爸说,只要脑子一直想,一直想,你就能做好地球上的任何事儿。我觉得他骗了我。"灯下,马飞写下日记本上的最后一行字,用圆珠笔狠狠地画了一个句号。他合上本子,叹口气,走到阳台上。

妈妈刚收拾完餐桌,无意间回头,发现阳台上马飞的背影很古怪。他趴在砖墙上,右肩执拗地不住耸动,似乎在用手臂画一个奇怪的圆弧。

"你干什么呢?"

马飞吓了一跳,忙转过身来,右手举着一支小手电筒。原来他在用手电对着星空,转圈儿地照。

"爸爸说他会坐火箭回来,我怕他飞太高找不到咱家。他老是不回来,是不是因为我的手电不够亮他看不见?"

手电光转啊转啊,射向天上的月亮。

同一个月亮下,群山之中,是同样不停转动的监狱的射灯。

射灯扫过东边的一排牢房,尽头的一扇铁窗里,马皓文正出神地向外望去。他手里拿着一颗不大的苹果，上面画满了弯弯曲曲的线条。如果你仔细看，会发现它们是世界各个大洲的轮廓线，赤道和南北极也被仔细地标了出来。

旁边床上四仰八叉地躺着一个大山般魁伟的巨汉，传来震耳欲聋的鼾声。一波带哨子的鼾声过后，巨汉的喉咙里发出咯咯声，憋醒了。他翻个身，准备面朝窗户接着睡，却惊异地发现邻铺的狱友竟然在一边做俯卧撑一边写信。

马皓文低声喃喃道："亲爱的儿子，你好……"

放学路上，马飞紧紧地抱着地球仪在走，地球仪上横七竖八地粘着胶条，勉强是个球体了。他拐过街角，迎面过来四个男孩。

马飞一阵紧张。他认识其中的一个孩子，是他们学校高年级的学生，但是经常不来上学，总在学校大会上被点名批评。其他三个他也知道，在附近一所学校上学。他们四个总是在放学时分出现在各个中小学的门口,拦住独自回家的学生,有时候劫个两三毛钱,有时候戏弄一番。全市的孩子都怕他们。

拦路的四个男孩中最高大的那个手臂一挥,喊道:"缺根弦儿!就是他爸爸把桥弄塌的。抓住他。"马飞一言不发,转身就跑。坏孩子们分散开呈包围之势,迅速追了上去。

监狱农场的大砖窑,马皓文拉着拉砖车在走。他拐过墙角,站在起始点上,忽然感觉气氛有些不对。马皓文一阵紧张,他扭头看看,发现巨汉狱友和另外三个魁梧彪悍的犯人也拉着拉砖车,围上来站在他的左右,眼里冒出敌意的光。

监狱管教吹响哨子,喊道:"谁先拉满七十车,多得十分。"

马皓文鼓足了劲儿,玩命地推着拉砖车向前冲去。左右的四个犯人自恃身强力壮,本来没把这个黝黑精瘦的男人放在眼里,眼睁睁看着他奔出去老远,连忙也推上车紧紧跟在后面。马皓文耳朵里听着后面追来的声音，脚下动得更快了。他咬紧牙关，双眼血红，终于把所有人都甩在了身后。

马飞被坏孩子们围在当中，地球仪早被抢走了。穿着钉鞋的矮个子男孩冲马飞邪恶地一笑，故意高高抛起地球仪，大脚开了出去。地球仪在空中像足球一样飞来飞去，刚刚黏好的胶条逐渐崩开了。

马飞惶急地四处乱扑，却总扑不着。地球仪忽然迎面飞了过来，他拼尽全力跃起去捉，手指刚刚摸到球边，却被一个男孩劫走了。马飞重重地摔倒在地上。颠倒的视界里，地球仪被硬生生地插进了打气针。膨胀，膨胀，胶条裂开脱落，地球仪爆炸了。

一个戴棒球帽的男孩走上前来，他龅牙得厉害，一讲话就往外喷唾沫星子："来啊！来啊！想要你的地球仪，就从大爷裤裆底下钻过去！"大龅牙叉开腿，挑衅地指指自己的裆部。

马飞看了看龅牙脚后地球仪的碎片，强忍住眼泪，跪了下来。他慢慢地爬着，血撞击着他的太阳穴，紧紧

第 七 章

新 的 生 活 ？

咬着的牙齿让他的下颌阵阵抽痛。

"哟呵!哟呵!"

坏小子们大声拍手起哄,马飞瞅准时机,用尽全身力气抬头猛地一撞,龅牙"哎哟"一声捂住裆部倒了下去。马飞趁机拾起地球仪的碎片,撒腿就跑。

漫天迷蒙的黄土之中,砖头像足球一样飞来飞去。马皓文站在一处高坡上,从狱友的手里接过抛来的砖头。"力量!速度!反应能力!"他在心里对自己说。汗水从臂膊上流淌下来,他的动作越来越熟练。

不远处同一条作业流水线上的那四个犯人一起看向他,又互相交换了一下眼神。为首的巨汉眯起眼睛,意味深长地发出一声冷笑。

一天的工作结束了。马皓文从目的地卸了车,拉着空车返回。别的犯人都耗尽了力气,拖着脚软塌塌地走着,恨不得随时坐在地上休息。只有他,仍然像来时一样全力地奔跑。

刚才发出冷笑的巨汉向其他三人使个眼色,装作若无其事地经过马皓文身边，故意伸出一只脚。马皓文没有预料到这突如其来的障碍，连人带车重重摔在地上。捉弄他的几个犯人正要哈哈大笑，却发现他已经一声不吭、自顾自爬了起来。

满面黄土，他的眉目都看不清了，却不擦去。他拉起车子，又发足狂奔起来。伸着脚的巨汉一个没站稳，被他撞进了旁边的砖堆里，他也并不回顾，只管拉着车跑，终于第一个到达了终点。

马飞已经跑到了路的尽处，前面是一个水塘。水塘颜色墨绿，质地黏稠，水面上漂浮着五颜六色的垃圾，想来是周边住户排污的场所。

身后的脚步声越来越近、越来越重了。

"在那儿呢！快抓住他！"

马飞紧紧地握着地球仪，盯着水塘，飞快地思索着。他好像想到了什么，忽然凌空一跃，如同飞鸟一般，以不可思议的高度跳入了水中。

第 七 章

新 的 生 活 ？

追兵气势汹汹而来,在水塘边刹住了脚,看着荡漾的水波纹,全傻了眼。

过了半晌,水塘远远的另一头,一个小脑袋顶着枯败的树叶冒了出来。马飞捏着鼻子,用嘴大大喘了口气,转头看向站在对岸愣神的四个坏小子,恶狠狠地吐了口唾沫,游走了。

夜已经深了。

浑身上下水淋淋、臭烘烘的马飞总算挪到了家门口。他抬头看看自家窗口透出的灯光,皱皱鼻子,想方设法拧干自己衣服上的水。

马飞走到家门口,忽然听见里面传来响亮的笑声,诧异地忘了继续拧干衣服。他四处打量着进了屋,屋子里的东西都已经被打包了。客厅破旧的海绵沙发后面传来重重摔落的声音。

"别闹!"妈妈娇笑着从沙发后面起身,突然瞥见马飞,忙收敛了笑意,慌乱地理了理头发。

"从今天起,我和孟叔叔带你去一个新的地方。"

那个被称作孟叔叔的微胖男人也从沙发后面站起了身,讪讪地笑了笑,点上一根烟。

马飞一直觉得,妈妈的好朋友孟叔叔是他见过的最灵活的胖子。虽然他什么都圆,脸也圆、肚子也圆、手指头也圆,但是都圆得匀称紧致。如果有人当胸推他一把,他绝不会像一摊肉那样平铺开来,而是一定会像地球仪那样滴溜溜地转起来。

"什么地方?"马飞警觉地问。

灯光照不到孟叔叔的脸,只能看见阴影中生出一个又一个的烟圈。

像地球仪一般圆溜溜的孟叔叔和蔼可亲地说:"仙境!一个能让你脱胎换骨的地方。"

灯火阑珊中,妈妈和孟叔叔拎着行李走到了宿舍楼门口。

马飞回头看看这栋他出生的灰色宿舍楼,目光恋恋不舍地在外墙的七号上打转。

第 七 章

新 的 生 活 ?

那个他一直在等待的人回来的时候,再也不能在这里见到他了。

妈妈强行捉住了马飞的手,把他带走了。

第八章 小马回来了

七年后。

仍是初秋天气。道路两旁的法桐树上，已有些树叶的边缘染上了金色。风吹来，几片巴掌大的叶子打着转儿缓缓飘落。

一个身影出现在东沛市建筑设计院七号宿舍楼下。他侧耳倾听，楼里传出香港电影《英雄本色》的配乐。

虚掩着的门里，几个青年工人正聚在一起看录像片。

"……我等了三年，不是为了证明我有多了不起，而是要告诉别人，我失去的，我一定要自己拿回来……"周润发声调不高，却蕴含着凌厉的杀气。

屋里爆发出一阵粗野的赞叹，夹杂着乒乒乓乓的啤酒瓶响和嗑瓜子的声音。

身影来到一扇破旧的木门前，掏出一个军绿色的铁皮发条青蛙。他的手指瘦削，关节粗大，皮肤黝黑，是一双从事了许久体力劳动的手，但非常灵活有力。这双手很快给青蛙上满弦，又摸索出一把锈迹斑斑的钥匙，试图打开木门上的锁，可是试了好几次，钥匙连锁眼都塞不进去。

隔壁虚掩的门开了,录像和人群嘈杂的声音一下子高了起来。一个小青年端着尿盆出来,急着上厕所。

"李林儿,这屋怎么换锁了?"

"那屋早改杂物间了,马工。"小青年下意识地随口答道,急匆匆继续向前走。走出去两步才意识到不对,惊讶地回头叫道:"……马工?"

尿盆掉在了地上。

筒子楼过道两侧的门依次打开了,黑漆漆的窄路上射进了一道道光,这些光线很快又被人影遮蔽了。所有的住户都站在过道里看。录像声微弱下去,整栋楼突然陷入了短暂的寂静。

"哼,什么马工?害群之马。"一个住户冷笑道。他的评价马上得到了众人的响应。

"还好意思回来。"

"全所人停发奖金就是因为他。"

"不知道收了多少黑心钱。不要脸。"

马皓文完全没有料到,当年他为了保护全院人的利益,一个人坚决扛下了大桥坍塌的所有责任。结果,并

第 八 章

小 马 回 来 了

没有人感谢他,他反而变成了东沛市最大的一只过街老鼠……

马皓文的目光扫过一张张熟悉的脸,想寻找到一丝原有的温暖和尊敬,却只看到了鄙视和敌意。他勉强挤出微笑:"对不起,我只是想找我儿子……谁见我儿子了?"

一片沉默中,上满弦的青蛙不小心发条开了,从马皓文的手里挣脱出来,在地上不住地蹦。气氛变得越发尴尬。右边站着个穿绿底大花睡衣的妇人,怀里抱着条狗。狗被青蛙吓了一跳,开始狂吠。

录像片的画面上,周润发被乱枪打得像马蜂窝一样。狄龙在绝望地哭喊:"小马!小马!"

馨予常常感慨自己的人生。

那座桥的坍塌,是她人生最灰暗的时刻。以那个时刻为界,她的人生分成了截然不同的两部分。前半部分浪漫而寒酸,后半部分务实而丰裕。如果桥没有塌,她或许仍是个少女,仍会相信很多东西。

可是，如果桥没有塌，她能住上现在这套水厕到户、电灯电话的单元房吗？两室两厅一卫，铺着地板胶，挂着玻璃水晶灯，还带俩大阳台！即使大桥完好无损，就凭孩子父亲的晋升速度，恐怕多少年也走不出那栋宿舍楼。

她痛恨那栋黑洞洞的筒子楼。那里永远弥漫着一股潮湿的臭味，一家炒菜全楼闻味儿，一家说话全楼旁听。她很高兴离开了那里，很高兴离开了自己的过去。

门铃响了，馨予放下手里正在钩边的电视机罩子，起身开门。

门外站着她的过去。马皓文正看着她微笑。

"你？你是提前了还是越狱了？"大惊之下，馨予说话都有点结巴了。

马皓文的笑容僵在脸上："昨天晚上跑出来的，现在正被全城通缉。"

馨予倒吸一口凉气，连忙伸头朝外四下里看。楼道里一片寂静。等她反应过来受了骗，马皓文已经进门了。

第 八 章

小 马 回 来 了

"儿子呢?马飞?马飞?儿子?"

里屋的房门吱呀一声开了。小孟趿拉着拖鞋,嘴角叼着一支烟,慢悠悠晃了出来。"儿子在学校呢,省重点,一个月回来一次。"小孟取下烟,冲马皓文一笑,"是老马吧?真人可比照片上显黑啊。现在眼睛看见强光能适应吗?不会迎风流泪吧?"

马皓文有些讪讪了,他局促地向后退了退。

小孟反而显得很热情,他走到橱柜旁边,拉开玻璃门:"别客气。瞧,咖啡,雀巢的;可乐,百事的。平常在里面都爱喝啥?"

马皓文赧然低下头:"在里面哪儿喝得着这些?表现得好,管教会奖励喝一包板蓝根。"

小孟一愣,旋即轰然大笑。他把烟卷重新叼上,像认识多年的老友一般重重地拍拍马皓文的肩膀,把他拉进来,招呼着:"来来来!坐坐坐!"

马皓文揉着肩膀,环视屋子。比起原来那间昏暗狭窄的宿舍,这里简直可以称得上奢华了。

米色的皮沙发靠墙摆着,背后是一面墙的欧洲风情招贴画；沙发对面是台二十九寸的大电视；各种深色的木头家具——茶几、书桌、大立柜、五斗橱一应俱全。书桌上放着一个黑色的大盒子，插着天线，红灯一闪一闪的；旁边放着一个灰色的小盒子，上面有银色的条状屏幕。

马皓文印象里听人说过，那是最新式的通讯设备，好像叫什么大哥大和传呼机……

小孟拿起大哥大，用眼睛示意马皓文坐下，走进里屋打电话去了。

屋里立刻传来豪迈的声音："阎主任，我，铁路局小孟……哈哈哈，我们家小马飞表现得怎么样？什么，您正要找我？太巧了，哈哈哈哈……"

马皓文悻悻地说："你爱人这嗓子，学过声乐吧？"

馨予白他一眼。屋里再次传来裂石穿云一般的笑声。

"说好的每三个月带孩子去看我一次，为什么不去？我写多少封信也不回……"马皓文低声责怪道，声音变得有些忧伤了。

"你你你你怎么这么自私？"馨予急于辩白，又有些结巴了，"老孟现在停薪留职在广州做生意，可我坚

第 八 章

小 马 回 来 了

持两边跑我为谁?知道孩子现在学业多重吗?全寄宿学校,忙起来我都好几个礼拜见不上面。我倒想让他和你朝夕相处呢,你们那号子能同意吗?"

"监狱,不是号子!不要使用这种不文明的称谓。"马皓文被一顿抢白,又有些讪讪。他顿了顿,平静地说:"所以你肯定没有认真看我的信。才十来岁为什么要全寄宿?学业固然重要,但和家人在一起更重要。不是说送一个好学校,家长就万事大吉了就不用家庭教育了,那叫推卸责任……"

馨予刚要答话,小孟从里屋探出头来:"关于马飞,有一个好消息,一个坏消息,先听哪个?"

"有屁就放!"馨予没好气地说。

小孟沉吟:"嗯……坏消息是吧?马飞闯大祸了。阎主任说已经正式决定开除他的学籍,建议他立即转学。"

"那好消息呢?"

小孟掩饰不住地眉开眼笑,走近一步,摇着大哥大乐道:"阎主任说了,学费可以全退。"

馨予脸色一变,倏地站了起来,摔门而出。

第九章 有请阁主任

一幢雄伟的灰色大楼。

如果不是有人指点,你很不容易猜到这是一所学校。

"博喻学校,本市四大名校里排行第一。从小学一直到高考军事化管理,升学率连着好几年全市冠军。最了不起的是,本市第一个全省状元就是出自这里。"小孟介绍道。三人站在校门前,仰着头朝里看。

学校大楼没有任何设计感,就是一个方方正正的水泥盒子。正面像一张没有表情的长脸,一个个小窗口是这脸上规则排列的麻子。大楼被高高的围墙环绕着,高墙都是实心的,没用栏杆也没开窗,墙头是一排玻璃碴子。围墙唯一的缺口处是学校的大门,大门也很朴素,唯一的装饰是一左一右两个保安。

这两个保安一个胖一个瘦,一个黑一个白,虽然形象迥异,但是风格相当一致。他们对学校的热爱都像春天一样,对教导主任的尊敬都像夏天一样,对违纪的学生都像秋风扫落叶一样。没有人知道他们的真实姓名,一代一代的学生都叫他们"黑熊和白狼"。

一个衣着邋遢、神情怪异的年轻男人在学校门口探头探脑好奇地看。"这疯子,又来了!去去去!"黑熊一脸不耐烦,把疯子轰走了。

突然,从校园里传来尖锐的汽笛声。校会时间到了。

全体学生和教职工肃立在操场上。学生队列非常整齐,无论横看竖看斜着看,都是一条笔直的线。将近两千人竟鸦雀无声。

馨予、小孟和马皓文沿着操场边向教学楼走去,受到这气氛的感染,不由轻手轻脚起来,说话声音也微弱下去。

"我们俩先去找阎主任。记住,千万别乱走动,更别乱讲话!"馨予压低声音,不放心地叮嘱马皓文。说完,拉着小孟匆匆走了。

教学楼的墙上贴着巨大而醒目的海报,上方用标准宋体字写着:"大红榜"和"黑名单"。大红榜上是各种比赛优胜者的名字,后面附有他们所得的奖项,各种"第一""特等"都被加粗加黑标了出来;黑名单上则罗列着违纪违规学生的名字,"马飞"这两个字频频出现。

第 九 章

有 请 阎 主 任

马皓文皱起眉头，看四下无人，从地上拾起粉笔头，把马飞的名字一一涂抹掉。

"喂！"身后传来一个清脆的声音，带着一丝不满。

马皓文回头，一个年轻的女老师正严厉地看着他。严厉的表情在她年轻的脸上显得有些滑稽。她有鼓鼓的脸颊和高高扎起的辫子，眼睛非常活泼，却故意穿着深蓝色的西装套裙，前兜还插着一支钢笔，像女孩偷穿了妈妈的衣服，有种造作的老气横秋。

马皓文悄悄扔掉粉笔头，顾左右而作无辜状。女老师白他一眼，走了。

操场边的大喇叭突然雷鸣般地响了："好，同学们现在一起看沙坑。"沙坑旁站着个中年人，个头不高，身材健壮。他上身着蓝色运动背心，下身穿一条白色运动裤，脚蹬军用解放牌胶鞋。

他先做了个扩胸运动，然后扭动手腕脚腕，接着向两手掌心吐了口唾沫，轻松跃上双杠。

在全场所有人的注视下，中年人各种翻飞，矫健和灵活的程度与他的年龄身材完全不符。一套动作结束，中年人轻快地跳下双杠，环顾四周。

早已见惯此项表演的观众们报以默然无声，只有马皓文一个人由衷地鼓起掌来。掌声在操场上方空落落地回响，其他人全都侧目而视。马皓文尴尬地把手放下了。

"有请阎主任讲话。"大喇叭又响了起来。

结束了热身活动的中年人缓步上台，目光傲然扫过整个操场。

他，就是一生传奇的阎主任。

博喻学校流传一句名言："天不怕，地不怕，就怕老阎要训话。"阎主任就像太阳一样，温暖地照耀着学校里的每一个角落。

每间教室都有属于他的专属位置，那就是每间教室后门中央与人眼平齐的位置开的一个小洞。阎主任的眼睛会随机出现在这些小洞的后面，密切关注教室内的动态，学生的一举一动尽收眼底。同学们管这个位置亲切地叫做——"阎公洞"。

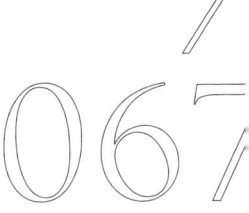

第 九 章

有 请 阎 主 任

在阎主任的词典里没有"休假"这个词。一年三百六十五天,他吃住都在学校里。中午,食堂蜿蜒的打饭队伍里,常常会突兀地出现阎主任严肃的身影。

每当有大师傅试图讨好他,给他多打一份肉时,阎主任总会先冷冷地上下打量一番,接着厉声问道:"多打的这是讨好我?"

没等惊魂甫定的大师傅给出任何回答,他已经回身把肉直接倒进后面一个学生的饭盆里:"这些肉给孩子们吃!"然后在同学们惊恐的注视下掀翻整个菜盆,把拍马屁的大师傅开除掉。

阎主任认为他成功的秘诀在于和学生打成一片。当然,任何一次较量,他必须是赢家。

在操场上,他敢于跟任何年龄段的学生一起打球,状态十分勇猛。与其他球员的区别是,他嘴里还一直叼着哨子。无论防守还是进攻,学生们只要动作一大,他的哨声必然响起:"犯规!犯规!犯规!这球算进!"

他为自己三步上篮的技术深感骄傲，即使在大部分学生看来，该技术的唯一看点在于上篮之后，阎主任狠狠握拳给自己加油的动作。

阎主任既做行政管理，又亲自代课。据说，他一生亲手抓到的犯错误的学生，可以铺满整个操场；他一生亲手刻的卷子，可以绕地球一周半……

每天深夜，学生宿舍楼的楼道里总会神出鬼没地显现一道黑影，伴随着一束手电光。没有人知道他会突然出现在哪座寂静的架子床旁，用一只大手猛地掀开被子，活捉躲在里面打着手电看小说的学生。

没有人知道他每晚计划抓多少个违纪学生，有时候他心情特别好，会一次又一次地掀开被子查房，然后把逮住的学生领到他办公室罚站。

他本人则戴上老花镜，一边享受着罚站学生的瑟瑟发抖，一边腰杆笔直地在办公桌前手刻卷子。等到全部刻好，天色已蒙蒙发亮，刚好可以把小山一样的试卷让学生带回教室早自习。

每天黄昏晚自习的时候，操场的双杠上总会出现一

第九章

有请阎主任

个忧郁而骄傲的身影……学生啊、教师啊,都是博喻的匆匆过客。只有他,是这里的国王。

台上的阎主任接过话筒讲道:"十五岁的时候,你觉得你的人生很长,然后你虚度光阴,到五十岁的时候,你就会变成一个彻头彻尾的失败者。我今年五十岁。刚刚的动作,十五岁的时候我一个都做不了。如果谁不服气,先去双杠上做一套同样的再说!"

观众们仍然报以沉默。马皓文眯起眼睛,觉得十分有趣。

"每个人的人生都是一张考卷,家长把你们交给我,就是希望我帮你们最终交出一份标准答案!但你们,总是让我失望!"阎主任从主席台下面抽出一本书,高高地举起,书皮上印着四个大字——《笑傲江湖》。

"这是我在某位同学枕头下发现的。谁的,自己举手?"

阎主任目光锐利地扫视台下的学生:"都笑傲江湖了怎么还这么没种?我数十个数,咱们请这位大侠主动站出来。十、九、八、七……"气氛紧张起来,学生们开始窃窃私语,指指点点;有的学生涨红了脸,有的学生低下了头,有的学生翻起了白眼。马皓文微微摇头,对阎主任的提问方式颇有些不以为然。

"四、三、二、一……多遗憾,这位同学不愿意拯救自己的灵魂。对了,好像这上面写了他的名字呢。我看看……又是你!"阎主任突然一个精确的弧线狠狠把书砸到马飞脸上,"初一六班的这位令狐冲同学,让大家瞻仰你的庐山真面目吧?"

刚才那个穿西装套裙的年轻女老师惊讶地捂住了嘴巴,表情十分关切。马皓文顺着女老师的目光,发现人群中懒洋洋地走出一个男孩。

这小子!长这么高了……马皓文惊喜地看着马飞走上主席台,馨予和小孟也从不远处赶了过来。

马飞并不知道今天来了新的观众。

自从上了中学,他常常走上主席台接受全校师生的检阅。刚开始他觉得很丢脸,就像他第一次拿到画满红叉的试卷,走到哪里都觉得抬不起头,跟谁都不好意思

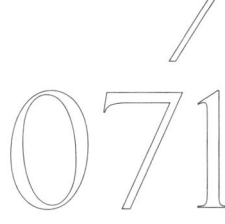

第 九 章

有 请 阎 主 任

打招呼。可是慢慢的,红彤彤的试卷越来越多,上台挨训的次数越来越多,马飞逐渐无所谓了。

生活对他而言没有什么意义。

他不知道自己为什么要待在这里,也不知道不待在这里还能干什么。他也许不喜欢这里,可是也不知道自己喜欢什么。喜欢这个词甚至有点奢侈,他身边没有人使用它。

他感到他对自己的人生毫无发言权。

马飞看着阎主任铁青的脸,心里掠过一丝挑衅的快感。

上周阎主任的课,他一开始打算听来着,可是实在像听天书一样,一句都听不懂;后来他就画画去了,画着画着趴在本子上睡着了。

结果被阎主任抓了现行,向全班展示他的画作:"像你这种学生,以后走上社会怎么办?吃屎都赶不上热乎的。"

"你能。"马飞半睡半醒之间,也不知怎么就冒出来那么一句,全班哄堂大笑,阎主任气得够呛。

马飞的目光越过阎主任的脸，看向他身后的窗外。

"希望今天训话时间能短点。多么好的天啊！"他心里想。他要出去乱跑一阵，从校门口一直跑到后头的山坡上……大门口那疯子跑得可真快，他要跟他比一比！哪怕遇到坏小子，他也能突出重围。多么好的阳光！枕着书包在麦田里睡一觉一定舒服极了……

"由于屡教不改，校方决定正式开除马飞同学的学籍。家长是不是已经到了？"阎主任的声音突然高了起来，马飞从沉思中猛然惊醒。

他梦游般地向台下望去。他先看见班主任小高老师鼓鼓的脸颊，那双活泼的眼睛露出难以接受的表情。接着，他看见远处的妈妈和孟叔叔，两人都愤怒地涨红了脸，责怪地用手指着他。最后，他看到了妈妈身边的那个人。

那个黝黑结实的男人举起右手，用食指点了点自己的脑袋，微笑了。

本来一脸满不在乎的马飞傻眼了。

如果世界上还有比当众出丑更可悲的事，那就是当

第 九 章

有 请 阎 主 任

众出丑的时候自己最在乎的人也不幸在场。马飞做梦也没有想到,和朝思暮想的爸爸再次见面是以如此尴尬的方式。

第十章 一次疯狂的打赌

大会散了。

旗杆下,马飞孤独地低头站着,刚才那点装出来的桀骜不驯消失殆尽。

不时有学生经过操场,远远地对他指指点点。小高老师端着一只罐头改装的玻璃水杯走了过来,碰碰他的肩膀,递给他水。马飞倔强地扭过头去。

操场旁的主任办公室内,一场关于他的争论正在展开。

馨予和小孟跟在怒气冲冲的阎主任身后一溜小跑,先进了办公室。马皓文站在门口向屋里张望。

办公室的四面墙上悬挂着很多学生的照片,每张照片下面标明了学生所在班级、高考年份以及其高考分数在全省的名次。他注意到,最明显的位置空了一个相框。

"哪怕留校察看也行啊?求您了,阎主任。"屋内,馨予低声恳求道。

小孟也大幅降低了分贝,以前所未有的柔软姿态愁眉苦脸地求道:"好歹给我点儿面子呗?真的这传出去我在东沛怎么混啊?"

"博喻高考升学率凭什么接近百分之九十?"阎主任凛然正色道,"小学到高三我们的累计淘汰率至少百分之五十六,这种落后生原则上都是劝转学。我向来不赞成随意评价学生的潜力,但他的智商是从哪儿继承而来的,你们做父母的真的心里没数吗?"

小孟和馨予本来随着阎主任的前几句话拼命点头,听到最后一句两人突然尴尬起来,对视一眼,谁也没吱声。

阎主任继续高谈阔论道:"人一辈子做好一件事不容易。如果有一天我死了,我问心无愧。因为我有我的孩子们。本市第一个全省状元,是从这里走出去的。"他站起来指着墙上的照片:"你们看。恢复高考第一年,考上北大。一九八六年、一九八七年、一九八八年,连着三年全省前三。最近的,去年的文科状元。"

"这儿,就是我的藏宝阁,我最优秀的孩子们,就挂在这四面的墙上。"阎主任豪迈的音调忽然一转,"你们觉得马飞有朝一日有可能被我挂墙上吗?"

第 十 章

一 次 疯 狂 的 打 赌

小孟嘟囔:"嗯……那估计只能是车祸了。"

馨予瞪了他一眼,还没来得及说话,门被撞开了,马皓文闯了进来。

"马飞没问题的。马飞完全没问题。我不允许你这么说他。"

馨予倏然变色,急忙站起来把他往外轰:"让你在外面等,你怎么进来了?出去出去……"

马皓文径直走向阎主任,不疾不徐,坦然说道:"'君子知至学之难易,而知其美恶,然后能博喻,能博喻,然后能为师。'贵校的名字是取自《礼记》吧?孔夫子尚且说有教无类,而你们关心的只是升学率,落后的孩子不是想办法让他们迎头赶上,而是快速地抛弃他们,这为人师的又有何博喻可谈呢?"

小孟忙不迭击节赞赏:"说得太好了!什么意思?"

阎主任被夺门而入的一番批评搞得有些摸不着头脑,心里不免也略为忐忑:"没请教这位是?"

"马飞的家长,马皓文。"马皓文挺起胸膛骄傲地大声说。

阎主任转向小孟,既带些嘲讽又颇有些愠怒地问:"那此处有争议喽?孟队长,我答应马飞入校,可完全是因为当时你说你是孩子的家长。"

"继父!"小孟赶紧趋前把桌上茶杯里的陈水倒了,又添了点热水,亲热地拍着阎主任的肩膀笑道,"哈哈哈哈,瞧您贵人多忘事,我们家的特殊情况我都说过,您怎么忘了——马飞是继子,我是继父,我太太丧偶嘛。"

"她丧偶,那我算什么?诈尸吗?"马皓文不满地皱起了鼻子,很瞧不上小孟的谄媚样儿。

小孟急得直冲他挤眼睛:"别瞎说,你诈什么尸……你!老马,你是孩子二大爷!"一面在底下冲马皓文摆手,低声嘀咕道:"别闹,都是为了儿子上学呀……"

"马皓文?"阎主任眼睛忽然看定马皓文,嘴里咂摸着,脸上缓缓浮现笑意,"想起来了,电视上见过。我说是哪位高人在引经据典跟我讨论教育问题呢,原来是东沛大桥的设计师啊!在把你自己的专业搞清楚之前,

第十章
一次疯狂的打赌

你觉得你有资格质疑我的专业吗,我们的城市英雄?"

马皓文像心脏中了子弹一样说不出话来,刚刚挺得高高的胸膛瞬间缩了下去。

外面传来了上课的钟声。

阎主任冷笑一声,从桌上拿起课本和水杯:"抱歉,我还有课。马工程师,改天我再专程向您请教工程力学和教育学的关系问题哈。赶紧帮马飞联系新学校吧,孩子的事儿别耽误!"说完,一甩门,扬长而去。

馨予一直隐忍的情绪终于爆发了出来,大怒道:"你怎么回事,本来眼看都松口了,不让你搅和你非搅和……"这一天累积的所有焦急、无助和屈辱促使她在脑海里搜寻着更能宣泄愤怒、一击即中的词语,要把面前这个替罪羊骂个狗血淋头。

她正要开口,发觉小孟死命拉她的袖子。她抬头看见沉默不语的马皓文,发现他的脸色已经相当不善了。顺着马皓文的视线,她从窗口看见楼下站着的那个男孩——哪像个正值青春的孩子?完全是个被抽干了所有精气神的影子,垂头丧气地立着,活像个问号。

"完了，这孩子彻底没救了！"馨予硬生生咽下所有的愤怒，眼角噙着泪花，一跺脚，"我也不管了，爱咋地咋地吧。"

马皓文望着马飞，眼神里却迸发出异样的光芒。

操场边上，阎主任夹着课本匆匆赶路。

小高老师摇着马尾辫，满脸焦急，从后面一路追了上来："开除马飞是什么时候做的决定？为什么我这班主任都不知道？马飞是有很多缺点，可他还是个孩子，我们应该再给他一次机会。"

阎主任从鼻子里发出一声轻笑，他并不停下脚步，转过头和蔼可亲地说："校规第五条，学校对学生做出处罚完全不必经过班主任的同意，尤其是还在实习期的代理班主任。如果我是你，我不会去关心这颗老鼠屎的下落，我要想的是怎么让剩下的这锅汤更加鲜美。"

小高老师像被噎住一样，满脸涨得通红，半晌说不出话来。

"阎主任！"远处忽然传来马皓文的喊声。

第 十 章

一 次 疯 狂 的 打 赌

阎主任回头看，不由得吃了一惊，收住了脚步。小高老师和操场上所有的学生、教职工也都禁不住停下来，惊讶地向沙坑看去。

马皓文站在沙坑旁，活动活动手脚，往掌心吐两口唾沫，然后轻松地跳上双杠，上下翻飞。一套漂亮的动作完成之后，他一跃而下，稳稳地站在了沙坑里。

"你说的，只有这样才有资格和你讲话。现在可以了吗？"马皓文平静地微笑道。

这次，轮到阎主任的心脏中弹了。馨予和小孟追出来的时候，正巧看到他发黑的脸色。

马皓文朗声道："马飞表现得不好和校方无关，我做父亲的应该负主要责任，即便所有人放弃他，我都不会。我想和你打个赌——从今天起，他放弃寄宿改成走读，学得好是学校的功劳，学得不好是我们的问题，然后你觉得期末考试，他名次多少学校就不会开除他？"

所有的人都在等待阎主任的回答。

阎主任紧了紧腋下的课本，摇摇头，冷笑着继续向前走："莫名其妙，荒谬绝伦。"

马皓文快速跟上他的脚步,温和却坚定地追问:"这可是您的专业领域。怕了吗,阎主任?"

阎主任脸色一沉,停下脚步看着他。

"期末考试,他的名次考到多少,学校不会开除他?"马皓文又问。

阎主任看看满操场的人,所有人都伸长了脖子期待地看着他。他略一沉吟:"好,就按你说的……班里前十名吧。"

人群发出一阵议论的嗡嗡声。

馨予急得在操场边扯着嗓子喊:"这根本不可能。他根本不知道马飞的基础有多差。"

马皓文充耳不闻,两只眼睛只是直勾勾地盯着阎主任:"好,前十名!但我说的,是年级前十名。"

人群发出一阵更猛烈的嗡嗡声。

小高老师不禁瞪大眼睛,开始认真地打量马皓文。

小孟瞠目结舌地小声嘀咕:"这哥们疯了。是在里面让狱友把脑子打坏了吗?"

"不只是前十名。我还要和你打赌,高中毕业的时

第 十 章

一 次 疯 狂 的 打 赌

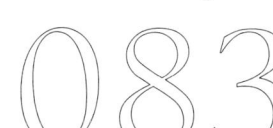

候,他一定会是这里最出色的孩子。你会把他挂在墙上的。"马皓文一字一顿地说,语气里充满坚定。

整个操场都安静了下来,所有人都震惊于这两个男人之间的对峙。教导主任的严厉遇到父亲的执拗,终于棋逢对手。

据阎主任后来说,他一生带过学生大约一万两千三百人,见过的学生家长近三万人。但,那一刻他已经知道,站在双杠边上的刚从监狱出来的这位学生家长,是最特别的一位。

第十一章 美妙的二人世界

黑黢黢的老式爆米花机发出一声猛烈的巨响，雪白的玉米花珍珠一般喷洒出来。早已围在旁边的孩子们一哄而上，从地上拾起来便吃。

校门口的疯子也跟着乱抢，忽然一抬头见马飞从学校里出来，赶紧起身把手里的玉米花塞给他。马飞懒洋洋地摆摆手，指指左右。

疯子发现马飞身边多了两个人，左边的女人脸色阴沉、怒不可遏，右边的男人则红光满面、喜不自胜，不远处还有个胖子，手捧大哥大正口沫横飞地讲电话。疯子咕哝一句，躲远了。

"年级十名，你咋不上天呢？撒泡尿照照，你看他长得像年级十名的脸吗？"馨予怒不可遏地数落着。

马皓文一乐："年级十名应该什么脸？圆脸、方脸还是鞋拔子脸？反正我可记得打小别人都夸他——鼻子眉毛随我，脸型儿特别随你。"

馨予气结，一时不知如何反驳，只能干瞪眼。马飞则干脆捂起耳朵，跑到墙角站着了。

马皓文看一眼儿子的背影，低声说："即便一只狗，剃完毛都不愿意出门。批评他可以,但不能当着人羞辱他。你会用这种话说你的朋友吗?说谁谁不跟你翻脸?"

"我……我是为他好!"馨予辩白道。

马皓文温柔地说:"再没有比'我是为他好'更恐怖的借口了。那你也为自己好啊,为什么不每天对着镜子痛骂自己两小时?孩子什么都可以没有,但不能没有自尊心。"

馨予讲不出话来。

她感觉自己又回到了少女时代。从谈恋爱那阵儿起就是这样,不管她一开始觉得自己如何理直气壮,最后总是说不过他,还总被他教育。真让人憋气!可是,他的话确实也有点道理……他讲话总是那么有道理,当初自己不也是看上他这一点嘛……

还没等馨予思绪飘远,忽然看见现在的丈夫一脑门子官司地挂了电话,走过来了:"不好了。老何那车皮还是没整明白,跟我嚷嚷了都。原定后天再走肯定来不及了,咱得马上出发去广州。"

"现在?还跟上次一样又得一去俩月?那你一人去

第 十 一 章

美 妙 的 二 人 世 界

不行吗?"

馨予话音未落,就见丈夫的脸上忽然浮现出一种像是刚吃过柠檬倒了牙的表情,眼睛瞟一瞟她,又不住地瞥向她的前夫。她若有所悟,好气又好笑。

"哎哟,我嫁他就算瞎一回眼了,我还能瞎第二回啊?我是发愁马飞怎么办。"馨予顿足道。

小孟看看马皓文,马皓文看看馨予,馨予看看小孟。三个人的微妙对视之中,彼此的心意已经了然;原本面壁而立的马飞也忍不住偷偷扭过头来。

马皓文强忍住想笑的表情,当仁不让地接过搭在馨予臂弯里的孩子的外套。

"砰"的一声,旁边爆米花机再次爆了。

"儿子儿子?就剩咱俩了。美妙的二人世界。"马皓文满面堆笑地跟在马飞后面。马飞埋头走得飞快,他不得不一路小跑。

"长这么高了啊?初中了大人了不搭理我了是吧?回头看看你最敬爱的父亲好吗?啧啧,这么大的书包……"马皓文谄媚地把书包从儿子肩上解下来,马飞突然转身狠狠咬在他手上,接着头也不回地跑掉了。

"哎呀……你上哪儿去?"马皓文负痛,叫出声来,也顾不得手,连忙追了上去。

正是晚高峰的时段。

小巷子里,自行车、三轮车和行人耍杂技一般灵活地交汇错开。路边摊已经摆出来了,烟熏火燎的炉灶和简易的塑料桌椅挤占了道路,路更加难走了。

大街上涌满了自行车大军,铃声此起彼伏。南来北往的自行车队之间是繁忙的汽车道,蓝白相间的公共汽车里塞满了下班回家的人,敞篷卡车跟在公共汽车后面,突突地冒着黑烟。

马飞穿街过巷,在人群和车辆之中穿梭,速度极快,有一种不管不顾的劲头。

马皓文狂追不舍,背心都被汗透湿了。

从小巷追上大街,眼看有汽车开了过来……

"小心!"

刹那间,马飞从汽车前面冲了过去。

第十一章
美妙的二人世界

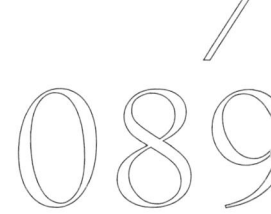

马皓文长出一口气,正要迈步,身子却被后面的载货面的猛地撞飞了。大书包里的东西散落了一地。

面的司机腿都软了,颤颤巍巍地从驾驶舱下来,紧张地带着哭腔骂道:"瞎啦?没事吧?你个二球你撞哪儿了?"

马皓文呆了一呆,一骨碌爬起来,半张脸上全是土。大街上迅速以事故发生地为圆心聚集了几百个人,人流和车流为之一滞。他并不抬头看自己引发的小小骚动,只是忙着跪在地上,把掉落的书一本本捡了起来。

"没事没事。我没事。你走你的。"

司机过来扶他,声音还在发抖:"走,我带你拍个片子吧?万一骨头有事呢,你个二球。"

马皓文直起身子,往远处看,马飞已经不见踪迹。

他急忙推开司机的手,向前走了两步,忽然瞥见下一个街口闪过少年的影子。他拽着书包,一瘸一拐地冲过去,一把拉住儿子。

马飞这下不跑了。

这些年来他受过的所有委屈在这一刻攒到了临界

点，长久压抑的情感终于等到了出口。他感到一阵阵痛苦的战栗像电流经过大脑，同时却又感到心脏获得了前所未有的轻松。

他停下，回身，一边用胳膊抡爸爸，一边放声大哭："让你不来看我！让你不来看我！让你不来看我！"

马皓文的眼泪也情不自禁地流了下来。他死死地抱住儿子，再也不愿分开。

太阳落山了。

路边饭馆招牌后面的荧光灯管纷纷亮了起来，鳞次栉比地显现出"生猛海鲜""冰镇啤酒""南北美食"等字样。

"啪"的一声……利民大饭店老板手里的苍蝇拍打死一只苍蝇。与此同时，马皓文父子走进了利民大饭店。

"想吃什么随便点啊。咱们好好解解馋……"马皓文搓着手兴奋地说，翻开老板甩过来的菜单，笑容一下子消失了，"现在一碗面条这么贵了吗？以前不都五毛

第 十 一 章

美 妙 的 二 人 世 界

钱一碗吗?"

老板停下了拍苍蝇的动作,回头亲切地答道:"哥,那得多以前啊?"

"我……我去趟厕所啊。"

马皓文起身走到饭馆后面。厕所是三合板和石棉瓦搭起来的简易小房子,只勉强够两个人使用。他左右看看无人,费劲地摸出兜里的钱,一张张数。数完一遍,很不满意,倒着又数一遍。其实根本没有几张毛票,硬币也不过只有一小把。

马皓文看着手里的钱直叹气,忽然厕所门"吱呀"一响,进来一位壮汉。他忙装作若无其事,把钱往怀里放,没想到被壮汉不小心一挤,硬币全掉进了下水道。

"蠢货!蠢货!蠢货!"马皓文急得恨不得抽自己,一抬头看壮汉正怒目圆睁,忙赔笑道,"我说我自己呢。"

等到再次落座时,他已经恢复了气定神闲。

"老板,先给我儿子来一瓶橘子汽水。然后两碗牛肉面。多放辣椒,多放香菜,多放蒜苗,汤和面也都多加。"

老板很平静:"哥,可不可以直接要四碗?"

马飞同情地看着爸爸,他很少从大人脸上见到过这种困窘的表情。

面来了。

饭馆里人很少,除了老板打苍蝇的声音,只能听见马飞吸溜汽水和马皓文吸溜牛肉面的一高一低、一唱一和。

老板皱着眉头,伴随着每声吸溜,不屑地向这边瞥来。马飞感觉到了老板的目光,知趣地停下来,不喝汽水了。马皓文仍然吃得起劲。

"爸爸?"

"嗯?"面条的腾腾热气中,满鼻子冒汗的马皓文惶然抬头。

马飞也不多话,只管把自己那大半碗面条倒进爸爸碗里。

马皓文瞪眼:"干吗?正是长身体的时候,你快吃。哎呀,我吃撑着了……真撑着了。"似乎为了证明

第 十 一 章

美 妙 的 二 人 世 界

这一事实,他打了个长长的响亮的饱嗝。老板又报以注目礼。

马飞打断爸爸的喃喃自语:"爸爸!你有地方住吗?"

"啊?"马皓文一愣,下意识地抹抹嘴,"嗯……对,我是被开除公职了,可爸爸这么厉害,找我的单位排着长队等我挑,知道吗?不然你妈怎么会放心把你交给我?哈哈,操心还挺多。真的我朋友也很多,东郊的,西郊的……都特别仗义。总之,咱爷俩怎么也不会露宿街头吧?"

夜深了。

城市收敛了阳光下曾展现过的柔软和温情,露出冰冷狰狞的一面。

东沛河的河滩上,远离居民区万家灯火的地方,散布着大大小小的水泥涵洞。即使在阳光下,从洞口望进去也不免感觉阴森;等到入了夜,这里更像是危险和邪恶的生物才会出没的地方。河水拍击着河滩,声响可怖，潮气让洞口丛生的荒草上总是结满了露珠。

霹雳一声炸雷，大雨瓢泼一般倾倒下来。草丛里的老鼠发疯似的乱跑起来。

黑漆漆的涵洞里，一支火把突然点亮了，飘摇的火光映照着马飞无所适从的脸。他小心翼翼地环视四周，哪儿都不敢碰，哪儿都不敢踩，正在犹豫要不要冒雨出去，忽见爸爸顶着塑料布、抱了满怀的东西回来了。

"感受一下吧，"马皓文一边从怀里陆续扯出旧棉胎、泡沫塑料箱子和废报纸，一边热情洋溢地叫道，"这暖和这弹性，孟叔叔家席梦思怎么比……"

他举起火把，看清楚儿子的脸。

"你什么表情？跟你说了，这涵洞也是爸爸修的，就为让你体验一下爸爸的成就。这片的土质很松，荷载压力太大，他们都说修不了涵洞，唯独爸爸想到一个绝妙的办法，你知道是什么吗……"

马飞忽然把头埋进了爸爸的胸前。

马皓文的滔滔不绝中断了。他沉默一会儿，抚着孩子的头发，坚定地说："儿子，相信爸爸，会好起来的。

第十一章
美妙的二人世界

我发誓再也不会这样。我发誓。会好起来的。"

漆黑的河滩上,冰冷的雨幕中,火把红光如豆,晕染出一团融融的暖意。

这个世界上最难以被称作"家"的涵洞,突然有了些许家的感觉。

在这个奇异的家里,一个是刚刚出狱十二个小时的、东沛市有史以来最不称职的爸爸;一个是险些被学校开除的、所有人公认"比最蠢还要更蠢一点"的儿子。

他们的第一天,就是这样度过的。

第十二章 当命运掐住你的喉咙

清晨，林荫路上。阳光洒下来，遍地黄叶。

双休日制度刚实行没几年，大家还在学着适应，因此即使是周六，许多人也早早就起了床。不过骑自行车的人比平日少多了，更多的人在宽宽的人行道上遛弯。

高高的行道树下有练气功的，有打长拳的，有铺块布卖塑料绳编的小摆件的；穿着藕荷色的确良衬衣的女子牵着女儿的手，赶往少年宫上课，一只印着小鹿图案的搪瓷水杯在女孩书包上蹦蹦跳跳；不远处，一个约莫四岁的小胖男孩拎着酱油瓶子，摇摇摆摆地走进了副食品店；疯子满街快乐地跑来跑去。

马飞背着大书包，和爸爸人手一个烧饼，边吃边走。

"爸爸，我们去干什么？"

马皓文似乎看见了什么，停下脚步，轻轻地说："重新开始我们的人生。"

马飞循着爸爸的视线看过去——是那四个欺负过他的坏小子！马飞下意识地拔脚就想跑，忽然看见坏小子们围住了疯子。他们像猫逗老鼠一样，这个揪一把，那个打一下，合伙把疯子推倒在地，大笑着把他的鞋带系在了一起。

马飞心头火起,忍不住要上前,忽听爸爸大喝一声。坏小子们戏弄够了,显然心情不错,嘻嘻哈哈地跑了。

马皓文蹲下来,解开疯子的鞋带,把手里的烧饼和茶叶蛋放在他怀里。疯子怔住了,呆呆地看着父子二人远去。

马飞来到了一个自己从未接触过的世界。

一个全是腿的世界。

裤腿高高挽起的水泥工的腿、沾满了木屑的木匠的腿、洒满了油漆点点的油漆工的腿、穿着绝缘胶鞋的电工的腿……刷子的腿、铁锹的腿、钻机的腿、钢筋的腿……

他仰起头,顺着这些腿向上看,那里又是另一个世界——一样饱经风霜、粗糙黝黑的脸,却发出各种各样的方言,效果十分奇异。

马飞觉得爸爸并不是这个世界的人,尽管他跟他们有相似的面庞、相似的腿，身上却有一种这里其他人都没有的东西。他透过劳务市场办公室的窗户，看向正在应聘的爸爸的身影。没有人像他坐得那样端正笔直。

端正笔直的马皓文对面，放着一碗麻辣米线。

招聘员一边吃米线，一边心不在焉地翻着简历，一不小心汤汤水水都洒到了简历上。

"哎哟哟，好端端的全弄脏了。"招聘员懊恼地说。

马皓文忙起身收拾："没关系，我可以重新打印，简历您看行吗……"

招聘员刷拉一声，把泼上红油的简历从碗底抽了出来。马皓文伸出双手要接，没想到简历越过他的头顶，准确地飞进了门口的垃圾桶。他如雕塑般呆住，两眼死死盯着被扔的简历。

招聘员扯着嗓子喊："毛毛头，到黄阿婆家重新打一份鸡汤米线！毛毛头？死东西跑哪儿去啦？"

马飞的心里一颤。

片刻之后，马皓文又坐进了另一间招聘室。

这里的两个招聘者显然比刚才的那个严肃了许多，

他们仔仔细细地审视马皓文,又低头看看简历,认真地交头接耳。

马飞心里燃起了希望。

"走近一点!走近一点!再走近一点。"一个招聘者招呼马皓文过来,用笔指着他的嘴,以严谨的研究精神向同伴道,"你看,牙是歪的吧?"

窗外,马飞难过得转过身去。

一天徒劳的努力结束了,马皓文领着马飞向劳务市场的大门口走去。

一个包工头模样的人突然拦住了他们的去路,大声惊呼起来:"我的天呐。马工?对吗,马工?太崇拜您了。"

马飞饶有兴趣地注视着来人的酒糟鼻,那鼻子又大又红,水滴形状,活像个成熟的草莓,在夸张的语气下不停抽动,简直令人忍不住要摘取了去。

酒糟鼻兴奋地拍拍胸脯,脖子上的大金链子随之一抖:"我刘八两,刚毕业那年我去设计院您面试的我,想起来了吗?我成绩不好,您没看上我。到处没人要

第 十 二 章

当 命 运 掐 住 你 的 喉 咙

我,才自己做的公司。"

马皓文不知对方什么来意,迟疑地打着招呼,脑子里迅速做着判断。旁边的马飞听到爸爸被夸奖,却天真地高兴起来,连胸膛也比刚才高高鼓起了几分。

刘八两一个不注意,突然抽出马皓文夹在腋下的简历:"您这级别来这鬼地方……找工作吗?"他扬起简历,转向众人,大声说道:"不认识?鼎鼎大名的设计院马工,东沛大桥呀!那家伙唉当一下说没就没跟精确爆破似的。这么多年,总算出我一口恶气!我要招你,我是这个!"

刘八两捏着简历的手翻转向下,洋洋得意地做出一个侮辱的手势,他的酒糟鼻子红得发亮。

劳务市场上的所有工头和工人都围拢了过来,议论纷纷。马皓文不失礼貌地勉强微笑着,马飞突然上前,恶狠狠地推了一把刘八两,猛地冲出人群,跑了出去,马皓文忙去追儿子。

身后,刘八两和众人的阵阵狂笑回响在劳务市场上空。

夕阳的最后一抹余晖斜斜地照进涵洞。

马皓文踏着余晖走了进来,见儿子正背对着洞口坐着,没精打采地弓着腰。他走上前,想轻轻抚摸儿子的脊背,却被他猛力甩开了。

"你到底收了多少黑心钱?"马飞冲口而出,眼里全是泪水。

马皓文惊呆了。

"那为什么好端端的大桥会塌?为什么所有人都说你是坏人!骗子!贪污犯!为什么?"

从出狱到现在,马皓文受到过无数次诘问,经历了无数次羞辱,没有什么人什么事能让他掉眼泪。可是,当儿子坐在他对面,问出这句话,他的眼圈红了。

他深深地吸了一口气,努力调整情绪,缓缓说道:"听我说。很多人说你是笨蛋,对吗?但爸爸不相信你是。从来都不相信!那你相信爸爸是坏人吗?"

马飞抬起饱含泪水的眼睛,犹豫地看了看爸爸,慢慢地摇了摇头。

第十二章

当命运掐住你的喉咙

马皓文握住儿子瘦弱的双肩,努力地微笑:"谢谢你。亲眼看见爸爸修的桥塌了,对吗?但爸爸这个人,没有塌。全世界人都放弃你,自己不能放弃自己。记得我说过什么?只要你的脑子一直想一直想,好运气就会来找你,你能干成地球上的任何事儿……"

在爸爸低沉的声音里,哭累了的马飞枕着爸爸的胸膛睡着了。

梦中,马飞喃喃道:"回家!爸爸,我想回家!"

马皓文搂紧怀中的儿子,怔怔地看着涵洞的墙壁,刚才讲给儿子的那些话一遍又一遍地在他脑中循环……

"人的一辈子很长,命运总会在某个时候掐住你的喉咙,但你真的甘愿束手无策吗?起码你可以挠它的胳肢窝啊。只要足够坚持,人生的魔法一定会灵验,好运气一定会找上门来。"

第十三章 爸爸的第一次魔法

山,全是陡峭的高山。

向上看,众峰攒聚。往下看,峡谷幽深。

在这上不着天、下不着地的所在,各种重型机械设备竭尽所能,想方设法地铲出来一小块平地。站在这块平地上往对面看,会发现对面的山巅也开出来一小块相似的平地。工程就要从这两块水平相对的平地上开始,简易的脚手架已经搭好,两山之间横着几根细细的钢索。

可是现在,所有的机械都静悄悄的,没有一个开工。工地上只有鼎沸的人声——工人们正聚在一起激烈地争吵,被工人们团团围在中间的,是包工头刘八两。

"给你们那么多钱赶紧想个办法出来呀,过几天雨季来了更没法搞了。"刘八两额头上青筋暴露,那颗醒目的草莓颜色已然发紫。他口沫横飞地骂道:"一群猪头。只是让你们在两边找个平,又不是给你爸找后妈,有那么难吗?"

人群发出抗议声。工人们七嘴八舌地说道:"话不能这样说,我们是干活的又不是工程师……"

"同时开那么多工程找平器你都不匀一个在这边……"

"不懂不要乱讲,找平器哪儿行,四叔说像这种得用激光标线仪还是激光水准仪!"

"……这么高太危险了,硬上肯定摔死球的。"

争执之中,一个石块被踢落下空谷。久久,谷底才响起微弱的回声。众人悚然而惊,一时都不讲话了。

忽听脑后传来脚步声,众人回头,只见一个中年男人领着个男孩向他们走了过来。刘八两认出,这正是昨天在劳务市场被他奚落的马皓文、马飞父子。

马飞皱起眉头,不情愿地拖着爸爸的胳膊小声说:"是那个欺负你的人,我讨厌他。快走吧,爸爸。"

"稍等一下。"马皓文轻声安抚儿子,微笑着走上前去,"不就是找平吗?简单得像一加一。刘八两,五百块钱,两分钟我帮你搞定。"

刘八两见马皓文走过来,先是吃了一惊。等他从最初的愕然中稍稍恢复过来,便开始一边仔细打量马皓文,一边在脑子里飞快地盘算。逐渐地,他的酒糟鼻恢

第十三章

爸爸的第一次魔法

复了鲜红色。

围在旁边的工人们不知前情,看刘八两神色不对,以为是前来挑衅的不速之客,遂涌上前去发泄不满:"龟儿子,你以为你谁啊?老子这么多人三天没想出办法,你说你两分钟?快滚开,不要找事情。滚滚滚。"

马皓文也不争辩,依然保持微笑,摊摊手,转身要走。

人群背后,刘八两一声怒吼:"都闭嘴。"

工人们瞬间安静了。他缓缓走上前来,一字一顿地对马皓文说:"你也不要两分钟,只要你今天能干完,我给你八百!"

马皓文收敛了笑意,正色道:"说了两分钟,超过一秒我一毛钱都不要。有塑料水管吗?四十米长就够。再给我一根记号笔。"

很快,塑料水管和记号笔都准备好了。

"灌上水。"

昨天劳务市场上那个黯淡沮丧的失业人员马皓文不见了,站在所有人面前的是杰出的桥梁设计师马皓文。

智慧和勇气令他的面庞闪闪发亮，散发出令人折服的光辉。

马皓文顺手从刘八两脑袋上摘过安全帽，扣在自己头顶上，嘴里叼上记号笔，示意众人："开始计时吧？"

秒表开始滴答作响。

在所有人目不转睛的注视下，马皓文敏捷地爬上脚手架，沿着横在两山之间的钢索向着陡峭的对岸爬了过去。

马飞的心提到了嗓子眼儿，呼吸都要暂停了。

眼看快到对岸了，马皓文右手忽然一松，似乎立刻就要落下山谷去。所有人一片惊呼。

"爸爸？小心……"马飞失声叫道。

马皓文的手紧紧地抓住了钢索，平安站在了对岸的平地上。他回头冲着马飞挤了挤眼睛，脸上绽开一个坏笑。

"滴！"秒表时间停在了两分钟。与此同时，马皓文按着水管中的水平，用记号笔画上了记号。

人群爆发出一阵欢呼，欢呼声在山谷里响亮地回

第 十 三 章

爸 爸 的 第 一 次 魔 法

荡着。

马飞高高挺起胸膛,露出骄傲的笑容,从一脸懊恼的刘八两手里接过八百块钱。他点清钱数,冲爸爸点点头。

"两分钟骗我八百块。这么简单的办法我怎么没想到。"刘八两摸着脑袋,不满地嘟囔着。

"知识的力量。"马皓文微笑着弯下腰来,对马飞说,"这个叫连通器原理:同一深度,液体向各个方向的压强相等——初中物理马上你们就该学到这课了。走吧儿子……"

他直起身来,又看向刘八两,强忍着笑意,轻轻地说:"对了,再白送你一个建议,算买一赠一:下面那支座已经出现水波纹了,应该是梁底预埋钢板有问题。拆了重修,不然你这工程估计跟我一样下场——迟早得塌。"

马飞举起右手,用食指点了点自己的脑袋,又指指刘八两的脑袋。父子俩大笑着转身而去。

刘八两盯着两人远去的背影,狠狠揪了一把头发,跺脚喊道:"马工!"他快步追上两人:"跟兄弟一起干怎么样?开个价吧,我要是还价,我是这个!"他的手掌翻转向下,做出和昨天一样的手势,却早没了昨天的得意扬扬,充满了诚恳。

马飞仰头看着爸爸,眼睛里亮晶晶的。

那一刻,他想:是的,爸爸的桥,从来就没有塌过。

东沛市建筑设计院的副院长办公室位于新办公楼的二楼东侧阳面,大门正对着宽敞的楼梯。一打开门,屋里就会异常明亮,还有凉快的穿堂风,正适合体丰怯热的人士在内办公。

吕胖子打开门,一边吹风,一边抬头端详门牌上印着的自己的名字,脸上慢慢浮现出欣慰的笑容。半晌,他从腹腔深处叹了口气出来,觉得自己终于又有了力量,这才慢慢把门关上,走向书桌旁,把桌上画了一半的桥梁图纸扯下来,两下揉成一团,扔进废纸篓。

他把两只手深深地插进头发里,发出一声愁苦的哀鸣,又拿出一张空白图纸,开始疯狂地咬啮铅笔端头的

第 十 三 章

爸 爸 的 第 一 次 魔 法

橡皮。

"咣咣咣",有人敲门。

吕胖子拉开门,看清来人,不由满脸惊喜:"马哥?你出来了?"

一番寒暄落座请茶之后,马皓文端着茶杯走到书桌旁,眯起眼睛欣赏设计图,打趣道:"哟,你不都高升副院长了嘛,还亲自画设计图?"

吕胖子满脸油汗,拿出几个苹果、橙子,笨拙地削皮,不免有些腼腆,忸怩地笑道:"别挤对我了。我又没你那水平,纯是赶鸭子上架。马哥,我是你手把手带入行的,你对我的好我一辈子都报答不了。有什么困难跟我说,我一定帮你解决……"

"有!我想住回去!"马皓文直截了当地说。

吕胖子削皮的手停在半空。

"我那屋不是改库房了嘛,反正没人住,我知道你管这事儿。"

吕胖子放下水果刀,眨眨眼睛,猛地一拍巴掌:"对了!晚饭我请你吃海鲜吧?我现在就打电话定位……"说着伸手去够桌上的电话，马皓文一把按住他的手，眼睛直直盯着他。

吕胖子不由苦笑："哥，你别难为我了，你已经不属于院里了，大家对你意见都很大，这要闹起来多影响我！"

"我儿子在那屋生的。我欠他太多了。我答应带他回家。"

马皓文话音未落，门口出现了马飞怯生生的身影。马皓文立刻闭上嘴巴，再不多言，低头认真地研究起了图纸。

"吕叔叔？吕叔叔？吕叔叔？"马飞蹙着眉头，声音颤抖着，两手拉着吕叔叔的衣襟不住摇动。

"别别别……哎呀，不要用你那无辜的小眼神看我……我鸡皮疙瘩都起来了……你们爷俩别来这套！"吕胖子忙不迭向后躲闪，一脸苦笑。

马飞拉不住吕叔叔，迅速站直了，声音也不抖了，眉头也不皱了。他摊摊手说："爸，我尽力了！我早说这招不行。"

第 十 三 章

爸 爸 的 第 一 次 魔 法

马皓文微笑着举起桌上的设计图,珍惜地抚平图纸,问道:"那这个呢?作为交换,从今天起,你个人会多一个免费助理,你的设计图上永远不用出现他的名字,他的级别是国家一级注册结构工程师,本市唯一的一个!"

吕胖子鼻子里冷哼一声:"什么意思?你觉得我会受你这种诱惑吗?"

天慢慢黑了下来,东沛市建筑设计院七号宿舍楼旁出现了三个可疑的身影——一个胖,一个瘦,还有一个很矮。

三人不走大路,不入正门,四下里看看,躲进了大楼侧面高大的灌木丛中。

在夜色的掩护下,一把锈迹斑斑的钥匙被偷偷塞进了马皓文的衣兜。

"尽量不要让邻居们看见。万一有人问,门是你们自己开的,我根本不知道这事儿。"吕胖子悄声叮嘱马皓文。忽然有邻居路过,他连忙拿起张纸挡住自己的脸,假意哼着小曲,研究电线杆上的小广告。

"熟人太多,我得先撤。马哥,我能做的就这么多了。这工程你帮我设计吧,越快给我越好。"

"嗯,放心吧你……"马皓文接过图纸,再一回头,吕胖子已经跑远了。

"喂喂?"

"爸爸,你的朋友真的很仗义。"马飞有点羡慕地看着远去的身影,转过头来问爸爸,"我们怎么办?"

马皓文并不回答,而是用手指轻轻点了点自己的脑袋,微微一笑。马飞醒悟,也戳戳自己的脑袋,绽开一个坏笑。

五十年代的宿舍筒子楼素来以其缺乏采光的设计而著称,入夜之后,楼道里几乎伸手不见五指。

忽然一阵风吹过,天上的云彩散了,月光从楼梯间的缝隙照进来,给这里涂上了一抹淡淡的银光。

一高一矮两个人影出现在楼道的尽头,他们弓着腰,蹑手蹑脚地向前挪动;一会儿藏在自行车后面,一会儿猫在蜂窝煤堆后面。眼看快要走到一扇低矮的木门

第 十 三 章

爸 爸 的 第 一 次 魔 法

前,两人略略直起身来。

隔壁的门突然开了,一道橘黄色的光线照进过道。一个肥胖妇人,满头夹着卷发棒,抱着狗出来了。两人急忙躲到旁边的废纸箱子后面蹲下。小狗挣脱妇人的怀抱,冲到两人面前狂吠不已。

两人大气不敢出,朝狗做出各种无声的恐吓表情,试图将其吓退。然而狗非常坚定,一直狂吠,就是不走。

一朵乌云遮住了月亮,楼道里又黑了下来。

狗主人努力眯着眼睛向狗叫的方向看去,什么也看不见,不耐烦地喊道:"公爵!回来,公爵!"小狗终于连拉带拽被撵回屋去了,妇人生气地在狗身上打了两下。

"叫什么?那儿又没人。你个死狗!"

马飞忍不住想乐,爸爸赶紧捂住他的嘴,冲他使个眼色,二人迅速起身跑到木门前。小狗这次吠叫得快要口吐白沫,惹得妇人又一顿好打。

"公爵你今晚上怎么了?迟早涮了你当火锅吃!"

隔壁房间的门"砰"地关上了，小狗的叫声逐渐呜咽下去。

马皓文掏出一个假锁，安在木门上，打开门，二人悄悄闪身进去。门悄无声息地关上了，从外面看，这仍然是一个上锁的房间。

屋里有一股温暖的霉味，令人熟悉而心安的霉味。

马皓文摸索着找到配电箱，把电闸一一推上去。昏黄的灯光亮了。父子俩环顾整个屋子，只见家具陈设一如往昔，却蛛网罗结、满眼尘灰，不由得感慨万千。

马飞走到墙边，抚摸着上面的一道道身高线，惊喜地说："爸爸，我比小时候高了这么多！"

马皓文掏出今早为他赢得荣耀的那支记号笔，郑重地在儿子头顶上画了一条新的线。

第 十 三 章

爸 爸 的 第 一 次 魔 法

第十四章 爸爸的第二次魔法

夜深了,整栋楼都安静了下来。

马皓文忙着抹净桌椅、铺床展被、收拾屋子,偶然一抬头,却发现马飞停下了手里的活儿,正忧心忡忡地盯着新铺好的床单,不停地摇头。

"绝对不可能。我不可能是年级前十名。爸爸,不是我不想学,我也不想给你丢脸,可我真的好蠢,你会被我蠢哭的。"

马皓文放下抹布,笑道:"谁说你非得考到年级前十名了?"

"啊?那你和他们打赌……"马飞惊讶地张大嘴巴。

"我骗他们的!忘了那个赌吧。是不是前十名根本不重要。爸爸在乎的只是,你的脑子,是在睡觉,还是真的转了起来。"

马飞更吃惊了,张了张嘴,一时说不出话来,半晌才憋出一句:"我说我蠢吧?我不知道你在说什么。"

马皓文拉着儿子在床边坐了下来,他凝视着儿子,郑重地问道:"想过长大以后干什么吗?"

"考大学啊。妈妈说的,认真学习就是为了考好大学。"

马皓文严肃地摇摇头："不不，考大学是过程，不是目的。上了大学然后呢？你总得干点儿什么吧？从来没想过？记住，人生就像射箭，梦想就像箭靶子。如果连箭靶子都找不到的话，每天拉弓还有什么意义？世界上好玩的工作很多，挑一个最感兴趣的去想吧，哪怕每天换一个都可以。"

看着儿子懵懂的眼神，马皓文顿了顿，接着说："告诉你一个……嗯，埃塞俄比亚科学家最新的研究成果，每天想这个问题一分钟，你的智商就会提高五分！"

马飞一下子兴奋起来，叫道："真的假的？爸爸，那你现在就开始辅导我功课吧？"

马飞以为爸爸一定会立即让他拿出课本，可是爸爸只是温柔地看着他，摇头微笑，然后说出一句他怎么也听不懂的话——

"可我已经辅导你一整天了呀。晚安，儿子。"

午夜时分。

马飞从睡梦中醒来,发现屋里还有光,从书桌那边传来钢笔在稿纸上书写的沙沙声。他睡眼惺忪地撑起身子,伸着头看,发现爸爸在纸上写着:"申诉书 申诉人马皓文,男,汉族……"

"爸爸,你是在工作吗?"

马皓文见他醒了,微笑着点点头。

"那我可以不睡觉吗?"马飞一下子来了精神。如果是在妈妈家,打死他也不敢问这样的问题,可是跟爸爸在一起,他觉得可以一试。

马皓文乐了,儿子那点小心眼儿,他一望便知。在他看来,家长怎么说固然重要,但更重要的是让孩子看家长怎么做。

他用钢笔指指天花板:"你可以上天。你自己的事情,永远不用问我。"说完,扭头接着忙自己的了。

马飞获得意料之外的自由,呆了一呆,又看看爸爸,扭头从自己的书包里抽出辅导教材来,翻开认真看了。

这些年来第一次,他感到自己充满了信心和力量。那位埃塞俄比亚科学家的研究成果真的很神奇!他确信,自己的智力在那一分钟,真的涨了五分。

十分钟之后……

一个字没看懂的马飞已然把书扔在一边,睡着了。

第二天清晨。

马飞还没起床,便听见厨房里传出熟练的切菜声、油锅的滋啦滋啦声和蒸汽冲击锅盖的突突声。这让他颇有些意外,没想到老爸还藏着一手,竟然是个大厨!他一骨碌爬起床,马马虎虎地洗漱了一把,充满期待地向厨房走去。

"开饭了。"

马飞惊讶地看到桌上只有一盘黑糊糊的东西,再低头一看垃圾筐,里面满满当当都是废弃的食材。

马皓文擦擦汗,低头羞愧地鞠躬:"首次实验不是很理想,对不起了马飞君。"

马飞试探着拿筷子夹起一块放进嘴里,一边咀嚼一边缓缓点头:"很好吃啊。"

"真的吗?"马皓文低着的头猛地抬了起来,充满

惊喜。

马飞实在没忍住，转身把嘴里的东西吐了。

马皓文尴尬地收住笑意："嗯……打个赌怎么样？期末的时候，你学习成绩提高，爸爸的厨艺达到国宴水平？"

"可我成绩提高，应该先从哪一科开始呢？我数学语文不好，地理历史更烂，最差的是英语和生物。"马飞一边翻着书包，一边发愁地问。

"真的很全面。书包给我。"马皓文接过儿子递过来的书包，"这么沉。这是课本对吧，那剩下的是什么？"他从书包中抽出几本书，又朝剩下的一堆努努嘴。

"作业。作业。作业。老师刻的卷子，课外辅读，优秀作文选，还有模拟习题集。"

马皓文点点头，拎起书包走到垃圾筐前，把书包倒了过来，把里面的东西一股脑倒进了垃圾筐。

"干什么？我会被罚站的。"马飞急了，噌地一下站了起来，伸手就要去挽救和黑糊糊的垃圾混在一起的作业。

马皓文拦住他，把剩下的课本拿在手上，从兜里摸出一根软尺子，比在这摞课本的侧面。

"来，自己看，是多少？"

马飞不理解爸爸的举动，只好依言纳闷地凑近："不到十八……十七毫米？"

"十七毫米，知道吗？你要面对的课程根本不是喜马拉雅山。如果半年里你个子就能长这么高，你的脑子自然也能弄明白这十七毫米里的所有秘密。每天，零点一毫米，可以吗？"马皓文竖起一根手指头。

马飞从来没有听到过这样的论证！

他感到前所未有的震惊，却又被其中的逻辑深深折服。他瞪大了眼睛，看看尺子标出的短短距离，又看看爸爸热切的眼神。

马皓文紧紧盯着儿子，心里默念："坚持！眼神一定要热切！一定要让孩子误以为他就是少年爱因斯坦本人！"他偷偷转身挤挤眼睛，深呼吸，面对儿子重新换成更加崇拜的眼神。

十几年以后，马皓文承认，当时面对着一个语文和数学加起来才考了七十一的小蠢货，坚持这种眼神实在

第 十 四 章

爸 爸 的 第 二 次 魔 法

太考验演技了。但是,他确实成功了!

马飞被爸爸热烈的期望打动了,他认真地想:"少年爱因斯坦如果每天连零点一毫米的东西都搞不懂,好像真的是件很丢脸的事……"

从那天起——

课堂上,马飞一反常态,他再也不睡觉或是看小说,而是挺直了腰板,认真地听课、做笔记。教室后门上,"阎公洞"背后,时常出现阎主任充满怒气和不满的眼睛。这显然不是他希望的结果。

工地上,戴着安全帽的马皓文攀登在工程车上、深入土坑底部,身先士卒地工作。不远处,刘八两频频点头,露出赞许的笑容。

大桥旁,马皓文从公文包里掏出一叠设计图纸,图纸上工整地写着"设计人:吕骁"。吕胖子接过图纸,难掩兴奋,飞快地驾车离去。马皓文目送着朋友离去,视线落在远处东沛大桥的废墟上,他的脸色冷了下来。

无论如何,不管别人满意还是不满意,父子俩终于适应了他们的新生活。

第十五章 魔术师的烦恼

"绝大多数时候,爸爸还是一如既往地不称职。在照顾人方面,他的表现和我的学习成绩可以媲美。"马飞一笔一画地写着,偷偷看爸爸一眼,坏笑着收起日记本,和爸爸一样也拿起本书看。

父子俩身后的墙上,红笔粉刷着几个醒目的大字:"一直想,一直想"。大字的旁边,贴满了马飞的画作。整面墙五彩纷呈,显得非常热闹温馨。

铝皮的小蒸锅响起了"咯咯咯"的声音。马皓文起身,垫着块毛巾把饭菜从蒸锅里拿出来,递给儿子,同时递给他一个呕吐袋。

"尝尝今天的?"

马飞吃一口,平静地吐在了呕吐袋里。马皓文面无表情地把饭菜倒进垃圾筐。

日记本又翻开了新的一页,马飞在上面写道:

"他不近人情地逼我去玩,玩各种好玩的东西。他说,一个人不会玩,什么事情也做不好。唉,作为一个孩子,大人们的这种无理要求真的是没办法反抗的。"

大街上，父子俩坐在电子游戏厅门口玩游戏机，旁边围着一堆好奇的孩子。不时有孩子被怒气冲冲的父母拉走，一边渐行渐远一边向马飞投以艳羡的目光。

田野里，父子俩奔跑着在放风筝。疯子仰头看着，快乐地拍手大叫。马飞笑着、跳着、跑着，忘乎所以。

房间内，马皓文拿起一本书放在儿子头顶，在墙上画下新的标记——又长高了一点点。电视上，正在重播亚特兰蒂斯号航天飞机与和平号空间站的首次对接……

马飞的身高每个月都在增长。同时增长的，还有一些别的东西……

几个月之后的一天，马飞羞涩地从书包里掏出一张试卷，交到爸爸手里。上面赫然写着一个分数：63。

"天才！我早知道你是个天才！说，想要什么奖励？魔术师都能做到！"马皓文抱起儿子一顿狂吻。

"能给我买个电脑吗？486，带声卡的？"

马皓文愣一下，随即漾出一个温暖的微笑："擎好吧您呢！"

第 十 五 章

魔 术 师 的 烦 恼

台灯下，梦到了新电脑的马飞露出了甜甜的微笑。

马皓文饱含柔情地抚了抚儿子的头发，为他掖好被角，关掉台灯。离开儿子床边的他神色逐渐严峻，他拿出压在书桌玻璃板下面的存折，走到窗前，趁着月色研究起上面的数字来，越看脸色越沉重。

"孩子的烦恼都是假的，一旦熟睡，全部遗忘。如果人的一生是一部电影，DVD 的封面我会选择这个。当你能够做到自己身处黑暗之中，还能把光明留给别人，你就是一个成年人了。"

马皓文长长叹一口气："饶是世界上最了不起的魔术师，也得面对成年人最难以解决的问题啊！"他看看熟睡中孩子蜜桃般的小脸，紧紧地抿了一下嘴角，像是又一次下定了决心。

第二天一早，刘八两背着两手、腆着肚子在工地上巡视。

一切运行顺利！他很满意，步伐更加轻快起来；脚手架底下一拐弯，迎面看见马皓文正怒气冲冲冲朝他跑来。刘八两刚刚轻快起来的步伐立刻慌乱了,大惊之下慌不择路,一扭身直接蹿上了旁边架着的梯子。

马皓文七绕八绕,围追堵截,终于把他成功地堵在了自动梯的铁笼子里,自己则在笼子底下拽着他的一只皮鞋。

当惯了只管指挥说话的包工头,刘八两何曾有过这样的运动量?一身横肉早已瘫软成一团,金链子随着胸脯剧烈起伏,似有断裂之虞。

马皓文高仰着头,喘着粗气喊道:"再跑!我工资呢?我帮你挣了那么多钱,工资再不结我不干了!"

别看刘八两的肉身几乎瘫痪,嘴皮子的利索可一点没有减损。

"现在什么形势啊马工?整个亚洲都经济危机啦!甲方赖我账不给我有什么办法?工程款春节要回来我第一个给你结。"

马皓文恨得牙痒,低头找了一块砖,狠命砸了上去。

刘八两趁他拾砖,抓着他脚的手刚好松开了,赶紧一拉手闸,自动梯上去了,几百块钱飘下来。

"我身上就这么多……别让任何人知道啊。"

第 十 五 章

魔 术 师 的 烦 恼

马皓文也顾不得许多，费劲地从空中将钞票尽数抓在手里。他拢齐钞票，数了又数，摇了摇头。

东沛市依山傍河——河是东沛河，山是东灵山。

东灵山是一系列延绵的山脉，如果想从市区进山，必须要先进入一系列的峪口。由于雨水丰沛，这些峪口植被茂密，树林幽深，即使是艳阳天躲进个把人也不会轻易被发现。

远离市区，地点隐蔽，环境幽静……这些天然的优越条件使得峪口的小森林成为东沛市著名的地下市场所在地。现在，这里正聚集着黑压压的人群。人群发出低频的嗡嗡交谈声，气氛相当神秘。

马皓文从胳膊上撸下海鸥牌手表，手指摩挲着光滑的表盘，银色的金属表链已经有些磨毛了，体温让它变得既圆润又温暖。他左看右看，恋恋不舍。对面的刀疤脸大汉有点不耐烦了，粗重地咳嗽了两声。

"我们家老爷子留下来的，便宜你了。不是手头紧我真不会出。"

刀疤脸一把夺过手表,从怀里取出信封。马皓文伸手去接,忽听有人大喊。

"警察来啦!"

人群顿时大乱,刀疤脸揣起信封转身就跑。马皓文急追,死死拉住刀疤脸。流氓同伙冲过来,劈头盖脸地打,他也不放手;警察冲过来,人流混乱,互相推挤踩踏,他还是不放手……终于,他被打趴下了,可是仍然没放手。

刀疤脸一脸晦气,把信封扔在地上,跑了。在无数人的脚下,马皓文艰难地拾起信封,掖进了怀里。

"还差最后一点就成功了!"

马皓文点完钱,欣慰地揉一揉膝盖上撞出来的青肿,向输血站走去。

当马飞傍晚放学回到家的时候,爸爸已经坐在了书桌前,对着食谱专心致志地研究蒸馒头。马飞看见桌子上放着一个巨大的东西,上面罩着瓦楞纸壳,纸壳上歪歪扭扭写着一行大字:

第 十 五 章

魔 术 师 的 烦 恼

"所有人不能动!"

"这是什么?"马飞好奇了,走过去掀开纸壳,下面露出一个雪白的庞然大物,"哇!486?"

从儿子进门,马皓文就一直支棱着耳朵听他的反应,终于等到自己想要的问题,这才若无其事地从食谱上抬起头来,忽作惊讶状:"天呐,哪儿来的?外星人送的?神迹啊。"

马飞扔下书包,一个鱼跃跳上爸爸的身体:"爸爸,太酷啦!"

"哎哟!"马皓文负痛,叫出声来。

马飞连忙下来,关切地问:"你怎么啦?"

"工地磕了一下,没事。"马皓文把卷起的衣袖往下放了放,盖住献血留下的针痕。他兴致勃勃地站起来,准备跟儿子一起打开这份来之不易的外星人的礼物。

突然,静谧的小屋里响起了敲门声。

父子俩对视,都如凝固一般不敢出声。

敲门声还在继续。

第十六章 小高老师

马飞紧张极了。

马皓文走到门边,猛地一把拉开——

门口站着的是小高老师。父子俩都愣住了。

小高老师鼓鼓的小脸通红,刘海都被汗浸湿了,一丝丝黏在额头上。她一边擦汗,一边嗔怪地看着马飞。

"一路跟你过来,走这么快!"

十分钟之后,马飞已经打开了电脑,画一会儿画,用眼睛偷瞄一下老师。马皓文在厨房里忙前忙后地做饭,小高老师坐在书桌旁,伸着脖子来回跟着他转,却总是跟不上。

"其实早就想找您了……我觉得我反映的这问题您还是得重视一下……为什么他的作业总是不按时完成?全班就他一个人这样,我问他他竟然说是经过了你同意!是吗?"小高老师认真地问。

马皓文关掉炉火,端着两盘馒头坐下,热情地说:"开饭啦!这馒头是前几天菜市场买的,热了好几次了;这是我自己学着蒸的,这辈子头一回——你想吃哪个?"

小高老师见马皓文不接话,不免有点生气了,灵动的眼睛里燃烧起了愤怒的小火苗。

"马飞爸爸！我承认他最近学习有进步，可您这样我都没法管理了。别的同学做作业都做到十一点，您居然让他在家玩电脑！"

"什么？我刚听明白他竟然不做作业？这个孽障，简直大逆不道！"马皓文朝儿子那边瞟了一眼，夸张地大叫起来，转过来亲切地问，"咱们都有什么作业？"

"有对未来要学的知识的预习，有对已经学过知识的复习，我们就是希望同学们能够反复加深对知识的印象……"

马皓文打断了她："对同样的知识，反复加深印象，反复、反复、反复……就像这个馒头，蒸好了，反复加热，反复、反复、反复……你觉得会比这个新蒸出来的馒头好吃吗？"

小高老师的视线终于落在了眼前的两盘馒头上：左边一盘虽然圆圆的像个馒头样子，但是看上去质地很硬，边缘已经发黑发黄；右边一盘虽然形状奇怪不规则，但是质地松软，冒着热气，十分诱人。

第 十 六 章

小 高 老 师

"……嗯?"

"学校的要求我完全理解,必要的预习复习我也赞成,但不能过度。在学习能力最强的年龄每天让他们学到夜里十一二点这样一学十几年,我们真的不担心他们身上那根负责学习的橡皮筋变皮了吗?他们眼神里的厌倦,我们真的看不到吗?"

小高老师被一下子问住了。

课堂上、学校里,那一张张疲倦的、灰白的、丧失了生气的面孔在她的脑中过电影一般闪过。她低下头,开始认真琢磨马皓文的话。

"我希望他们学的不止是知识,而是思想,是方法!"马皓文指指马飞,"好奇心难道不是人的本能吗?"

小高老师沉默了,她扭头看看马飞。

电脑屏幕的荧光勾勒出少年的侧影,在他的瞳孔上映出不断变动的代码。他嘴角带着一丝微笑,双手敲击在键盘上,完全忘掉了周围的一切,沉浸在知识的海洋里。

对原有价值观念的重大挑战令小高老师不堪重负,

潜意识里她要寻找某种来自外部世界的支持——在沉思中，她下意识拿起桌上的筷子，夹了口菜吃。

然后，也吐了。

初春的夜晚微风和煦，将路旁花坛的馥郁轻轻送到行人的鼻端，行道树上鸟鸣啾啾。马皓文把家访的小高老师从设计院一路送到了博喻学校门口，两人走得很慢，谈了很久。

"……很多时候，我觉得我是在孤军奋战，你让我觉得，我是有同盟军的。马飞说过好多次，你是他最喜欢的老师。每个孩子身上都长着一个神奇的感受器，他们就是能感觉到，大人对他们的感情……是不是爱。"马皓文郑重地说。

小高老师有些不好意思了，她转头看看学校大门："我到了，谢谢你。再见。"

"再见。"马皓文转身要走。

小高老师看着他的背影，犹豫了片刻，还是决定叫道："等一下！也许你说的那些关于家庭教育的观点有

第 十 六 章

小 高 老 师

道理，可是你蒸的馒头真的好难吃。如果你不介意……以后我可以帮马飞改善伙食。对孩子来说，知识的营养固然重要，但身体的营养更重要。"

这下马皓文不好意思了，他挠挠头笑了，认真地点点头。

不知怎的，小高老师忽然红了脸，声音也变得有些不自然："好吧，再见。"

"再见。"

"在这个陪着枫叶飘零的晚秋，才知道你不是我一生的所有……"

这首名叫《晚秋》的流行歌曲正在火遍大江南北。马皓文平时不怎么听歌，但是今天总觉得心里胀胀的，喉咙里痒痒的，总想要唱歌。他一边哼着歌，一边收拾书架，随手抽出本菜谱，看了看，直接扔进了垃圾筐。

忽然，马皓文感觉到异样，回头一看，发现儿子一直盯着他坏笑。马飞冲爸爸挤挤眼睛，嘴里发出一声啧啧，充满调侃的意味。马皓文突然有种心事被撞破的感觉,悚然一惊,不由开始重新审视儿子。

马飞转过身去,又开始读书,跷着的二郎腿却有节奏地抖了起来。

"心中藏着多少爱和愁,想要再次握住你的手……"

这以后的每一天,下午马皓文接儿子放学时,小高老师总会拎着盒饭与马飞一同出来。三人走到校门外的大槐树下,把饭盒依次打开,摆在垒花坛的矮砖墙上。

爸爸的饭桌与小高老师的饭桌,就好像学校食堂与御膳房的区别!马飞从来没吃过这么好吃的东西,他常常来不及找筷子,直接上手就抓,吃完还要把每根手指都舔得干干净净。

马飞吃饭的时候,爸爸和小高老师就站在一边热烈地聊天。爸爸讲话也像是有魔法,不管说什么,总能逗得老师一直笑。

三个人都没有注意到,远远的教学楼阳台上,有一个人每天都注视着这一切。

他静静地站着,脸色阴晴不定,直到看见小高老师满脸喜悦地拎着空饭盒走进校园。

第 十 六 章

小 高 老 师

他鼻子里冷哼一声,转身下楼了。

"那多少往事飘散在风中,怎么说相爱却注定要分手……"

深夜,学校的油印室里光线幽暗,小高老师一个人在里面印卷子,哼着歌给自己壮胆。背后忽然传来窸窸窣窣的动静,小高老师警觉地回头。

"谁?"

等看清来人,不由吃了一惊:"……阎主任?"

阎主任轻轻关上门,从阴影里慢慢踱到灯光下,动作轻柔却带着一股杀气,犹如一只即将捕猎的黑豹。

"了解一下马飞的状况。他期中成绩怎么样?"

小高老师一听到马飞的名字,连忙热情地介绍道:"还不错,从垫底升到倒数第五名了。虽然进步幅度还不够大,但自从他爸爸和他在一起之后,这孩子精神面貌真的有改变。我觉得最重要的是,这孩子眼睛里有光了。"

"什么光?贼光?"阎主任的声音突然提高了一个八

度,"你呀,经验太少被表面现象蒙蔽了。从东北到华北我教了三十年书。到底是咸鸭蛋还是臭松花,我一眼就能分得清楚。"

小高老师后退一步:"您什么意思?"

阎主任冷笑:"作弊!你确定他没有抄袭吗?这种学生什么干不出来?你要是监考再松点儿,他能默写整本儿的新华词典。"

小高老师涨红了脸:"监考的时候我很认真。您这么说是毫无根据的。"

阎主任又向前逼近一步,完全站在了日光灯管下。他探头盯牢小高老师,灯光令他鼻梁两侧和嘴巴下的阴影更深了,更像一只豹子。

只听他厉声喝道:"小高老师我必须提醒你注意自己的立场!包庇坏学生,就是对那些好孩子最大的不公平!最近,学校里可有很多关于你的风言风语……我觉得,作为一个年轻的女老师,男女关系方面,你是不是应该注意一点?"

"您,您说什么?"小高老师又惊又怒,掩住口后

第 十 六 章

小 高 老 师

退两步,又猛地站住了,声音也高了起来,"这话谁说的?让他面对面对我说!"

阎主任直起身,抱起了双臂,饶有兴味地微微笑道:"干吗这么生气?有则改之,无则加勉嘛。从明天起,我会每天去你班里检查教学,希望关于他的纪律问题,你没说假话。还有,马飞的任何作业、试卷都必须交给我亲自批改。"

"为什么?我是他的班主任……"小高老师挣扎着说。

"我是教导主任!"阎主任的语气又冷峻起来。他转身走到门口,拉开门,想起什么,回头扔下一句话:"别忘了,煤球再怎么洗,永远也不会变成钻石的。"

说罢,摔门而去。

小高老师脸色惨白,失魂落魄地站着。

背后的自动油印机发出吱呀吱呀的怪声,卷子堆了一地。

第十七章 睜大眼睛看看世界

清晨,上班高峰,自行车如云。

滚滚的车流中,马皓文骑在一辆破旧的二八飞鸽上,扭头跟儿子聊天,马飞听得津津有味。

两人骑过一片田野,马皓文看见了什么,停下了车子。

"干什么呀爸爸?咱们快迟到了。"马飞从后座上下来。

"就十分钟,来得及。跟我来呀!"马皓文一把拉过马飞,向田野深处跑去。

这里是花的海洋。

鹅黄嫩绿的草地是最柔软和芬芳的地毯,展开怀抱,邀请人们尽情地打滚。各色不知名的花朵一簇簇藏在草里,给这地毯编织出无与伦比的花纹。花瓣在风里蓬勃地颤动,像一只只流溢着生命力的酒杯。

"你老问我,为什么看了那么多优秀作文却总是写不好作文,那我问你,你喜欢穿别人的旧鞋子吗?写作文最重要是什么?真。认真地去感受这世界吧。感受到什么就写什么。写你自己相信的东西。"马皓文张开双臂，贪婪地四处看着，大口大口地呼吸着田野的味道。

"看看，不觉得心旷神怡吗？"

"心旷神怡！"马飞慌忙从书包里掏出小本子，"我得赶紧记下来！"

马皓文奇道："记什么？"

"胡老师说了，每天得抄写五个好词好句。昨天我只抄了四个：你看，万里无云，九死一生，鼠目寸光，重如千钧，还差一个呢。"

"这就是所谓的好词好句？好的标准是什么呢？"

"四个字的呀。"

"胡扯！"

"胡扯不行。两个字的，太简单。胡老师说了……"

"胡老师说的也是胡扯！他说的不对，任何人说的都可能不对，包括爸爸。任何东西得从你自己脑子过一遍，不能死记硬背明白吗？"

马皓文四处看看，又弯下腰摸摸草地，拉过马飞问道："你们语文课本里的古诗还记得吗？'草色遥看近却无'，你看这草，不是很茂密，远看一大片绿色，凑

第 十 七 章

睁 大 眼 睛 看 看 世 界

近看,是不是又没有了?其实只不过是诗人把他眼睛里看到的写下来而已,却成了人人心中有、笔下无的千古名句。"

马飞也弯下腰来,凑近草地认真地看。果然,春天刚刚冒出的嫩绿新芽都藏在去年冬日里枯萎的草根下,远远地能看到一抹绿意,离近了却会被草根遮蔽视线,反而看不清了。

马飞如获至宝:"嗯?真的?原来那诗就是这个意思?"

马皓文微笑着一字一顿地说:"睁大你的眼睛好好看。这世界本来就很美。"

晴空如洗,草长莺飞。马飞向绿草深处跋涉而去。

马皓文忽然童心大起,趁儿子不注意,朝反方向走去,在一丛灌木后面藏了起来。马飞沉浸在春色之中,浑然不觉,仍然不断向前走……

与此同时,小高老师走进马飞所在的班级,意外地发现教室里已经坐了四五个学生。

"你们几个今天比我还早啊?"

学生们神情异样。一个男孩冲老师使了个眼色,手在课桌下面偷偷做出一个向后指的动作。小高老师抬眼一瞧,阎主任端着茶杯,巍然端坐在最后一排。

黑板上方的挂钟一格一格地走着。

教室里的学生越来越多了,却总是不见马飞的身影。最后一排的阎主任脸色铁青,端着茶杯的手越来越僵硬。讲台上的小高老师强作镇定,眼睛却不停焦急地看向窗外。

马飞走出去好远,一回头,却看不见马皓文了。

"爸爸?爸爸?"

马皓文在树丛后面憋着乐躲着,忽然看见草丛里有个土拨鼠洞,不免多看了几眼,再抬头的时候,马飞不见了。

马飞一路找着爸爸,不觉走下了田野,走到了市区的另一头。等到他发觉自己迷了路,已经来到了一个大垃圾堆旁边。

第十七章

睁大眼睛看看世界

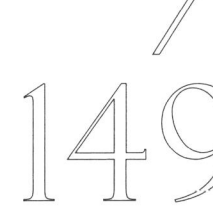

他四下看看,这里街道脏污,两旁的平房十分破败,电线杆子上贴满了烂兮兮的纸条,整个环境看上去很不安全。他收住脚步,转身想走,远处四个跨在自行车上抽烟的坏小子却先看见了他。

"缺根弦儿?最近死哪儿去了?过来让我们看看,身上有什么?"

一个熟悉的声音响了起来,马飞立刻记起了几年前那场噩梦。他定睛一看,大龅牙已经不戴棒球帽了,可是龅牙仍然相当突出——正是那四个打家劫道的坏孩子!他头皮一阵发麻,还没来得及拔脚飞跑,已经被坏小子们围上了。

这边,马皓文直觉不好,正满世界地转悠着找儿子,忽然看见疯子跑了过来。疯子远远看见他就开始拼命挥手,跑近了更是焦急地大声啊啊叫着,手舞足蹈地比画。马皓文听懂了,心一沉,拉起疯子就跑。

原来疯子刚才碰巧在捡垃圾,目睹了马飞被坏小子围攻的一幕,趁他们都没注意,飞跑过来报信。

马皓文循声过来,正好看到马飞被狠狠推搡到地上。

"哎！干什么的？"

坏小子们见来了个大人，不由得一愣。马飞趁机爬起来，飞快地躲在爸爸身后。马皓文一边护着儿子一边说："马飞你上学去吧，再不走真迟到了！"

马飞看看穷凶极恶的坏小子，又看看瘦削的爸爸，犹豫起来。

马皓文皱起眉头："不相信爸爸吗？你们几个小坏蛋，才多大呀？不学人事！"他使劲推了儿子一把："快走啊。"

马飞转身就跑，坏小子骑着车子想围，被马皓文抓住后座连人带车扔了出去。马飞越跑越快，越跑越快。

身后，坏小子们又一次围住了马皓文……

上课铃声大作。

狼狈不堪的马飞终于踩着铃声冲进了教室，还没等他站稳，早已在讲台前等候的阎主任已经抓住了他的书包。阎主任上下打量他一番，猛一把抖落书包，里面的

第 十 七 章

睁 大 眼 睛 看 看 世 界

各种杂书、玩具和刚才采集的野花野草全部掉了出来。

阎主任推开窗户,连书包带所有的物件一股脑扔出了窗外。

一声霹雳,大雨倾盆而下。

连绵阴雨中,主任办公室显得异常阴冷。

学校领导们围坐在主任的办公桌旁,表情复杂。小高老师则独自在稍远的地方坐着,脸色沉静,一言不发。

阎主任厉声道:"高天香老师严重违反学校纪律包庇学生,我提议给予记大过处分。有不同意的请举手!"

办公室里一片死寂,没有人举手。

"全票通过。鉴于高老师本身是试用阶段,因此根据校规,罚她五年内失去转正资格!"阎主任"啪"的一声把文件夹拍在了桌子上。

大雨的傍晚,天黑得比平时早多了。

马飞没有伞,从学校走回家,浑身已经透湿。然而,他甚至没有注意到这一点,因为他的心比身上的衣服湿得多、冷得多，像是沉入了冰冷的水潭。衣服可以拧干，可以晾晒，但是没有什么能让他的心情暖和起来。

他轻轻走进屋，发现屋里很黑，爸爸背对着门坐着。

"爸爸，我回来了。"

爸爸并没有说话。马飞打开灯，带着一丝哭腔艰难地说："学校里出了点事。因为我，小高老师……被记过处分了。阎主任还说，期末考试的时候他会亲自监考，如果我差一分也会被开除的。爸爸，我不是不努力，可我真的不想上学了……"

他还没说完，忽见爸爸缓缓转过头来，一时震惊得讲不下去了。

"爸爸？"

马皓文的整张脸都肿了起来，鼻梁上有好大一块淤青，脸颊擦破了，涂着紫药水。

马飞的眼泪彻底流了下来。

"太难了。爸爸，太难了……"

"哐当"一声，门被撞开了。

只见宿舍楼的其他住户渐渐集结，虎踞龙盘地堵住门口,冷冷地看着父子俩。

隔壁抱着狗的妇人尖声叫道:"我就说这屋老有动静,我还以为闹鬼呢……"其他人立刻七嘴八舌地附和起来:"早就发现他们在这儿了我没说!"

"……真不要脸。老的不要脸,小的也不要脸。"

"让他们滚!装死!动手咱们帮他们搬……"

众人涌进屋来。

第十八章 永远,别认输!

众邻居一拥而入，七手八脚地搬起了东西。

一个留着短须的男人率先动手，抱起了电视机。隔壁妇人也不甘示弱，扔掉狗，抢过煤气炉。有搬家具的，有拆电灯的，有找存折的……撞击声、喊叫声、狗叫声……窗外，电闪雷鸣！

巨大的混乱之中，马皓文猛一把拉倒了书架，突如其来的声响震住了所有人。

一道闪电斜斜地划过天空，电光照亮了马皓文的脸——只有一头受伤的野兽才会有这样的面孔！斑驳的伤痕之中，一双血红的眼睛犹如两道裂缝，射出决绝的光芒。

"我不会认输的。除非我死，我不会认输的。不信你们可以试试！来呀。来！"

邻居们畏缩了。

当一个人再没有什么可失去的时候，你无法用任何东西令他恐惧。一个不怕死的人，什么都不怕。他们互相交换眼神，开始默默地放下手里的东西，慢慢地朝门外退去。

片刻之后，屋里只剩下父子二人。

一片狼藉中，马飞抬头，望着这个从来没有见过的爸爸，那是他这辈子唯一一次看到素来温和的爸爸发那么大的火。

"永远，别认输！"马皓文紧握拳头，咬着牙又说了一遍。

马飞不知道这句是说给他的，还是说给爸爸自己的——

昨夜的消耗令马皓文睡得很沉。第二天清晨，马飞一反常态地比爸爸还要早起，一起来就坐在书桌旁忙活。

马皓文睁开眼睛，一看天色，慌忙跳下床："起晚了起晚了。你怎么也不叫我？"边说边走到书桌旁的脸盆架前，拿起毛巾在水盆里擦。

他无意一瞥，发现桌上的地球仪下压着一个字条。

他拾起来，上面有一行字，是拿钢笔郑重而用力地写下的："**爸爸：像你一样，永远不认输。**"

马皓文笑了一下，用毛巾捂住脸开始擦。擦着擦

第十八章

永 远 ， 别 认 输 ！

着,毛巾不动了,只有眉毛在颤动……

爸爸的举动变得古怪,让一直偷看的马飞倒无所适从了。

他咳嗽一声,捧起地球仪坐在窗口,又玩起了他最喜欢的游戏之一——手指找到东沛市,从这里出发,顺着东沛河进入长江,沿长江逆流而上,攀上横断山脉,跃过青海湖,跳进河西走廊。

"没有山,没有河,一眼望不到边的大漠,云朵垂在地平线上!那会是一个什么样的地方呢?"

马飞托着腮遐想。

没有山,没有河,一眼望不到边的大漠,云朵垂在地平线上。

酒泉卫星发射中心的监控室里气氛紧张而严肃。顾星河的太太带着女儿恰恰已经等在了监控室里,潘万里总指挥陪在她身边,有一搭没一搭地聊着天。

一个工程师揉揉布满血丝的眼睛,从口袋里掏出个眼药水瓶子,刚一仰头,无意中发现角落里的一面监控屏幕上出现了异样。

伴随着数值的轻微变化,一道不起眼的轨迹涟漪一般浮现在屏幕上,一忽儿又消逝了。

"总指挥!好像是曙光十六号!信号是突然出现的,很不稳定,时断时续很微弱。"工程师惊呼。

潘万里一个箭步冲了过来,监控室里的所有人都飞奔而来,聚拢在他的身边。潘万里的眼睛紧紧盯着屏幕,果断地拿起话筒发出指令:"这是最后的机会了。锁定位置,天基测控通信系统向附近区域发搜索信号!"

全部工作人员迅速进入紧张的工作状态,偌大的房间竟无一丝人声,只有各种仪器有序的鸣响。

"是爸爸吗?爸爸,你快回来。我真的没有舔过牙床。"恰恰仰头看着忙碌的大人们,她虽然不懂发生了什么,但是也从大人的脸上看到了某种转机。顾星河太太握住女儿的手,眼泪忍不住又在眼眶里打转。

与此同时,太空舱内的接收屏幕上也一闪一闪出现了讯息。

"指令长!指挥中心的信号?"马飞兴奋地叫道。

第 十 八 章

永 远 , 别 认 输 !

顾星河的眼睛也亮了:"应答!"

马飞揿动按钮。太空舱外壁上的一截线路倏地冒出火光;火光熄灭之处,飞船螺钉脱落,一些碎片向外太空飞去;主警灯闪耀红光,发出锐叫;飞船剧烈地颠簸起来。

两名宇航员全神贯注地进行紧急操作,四只手在数百只按键的仪表盘上移动,丝毫不乱。

"速度过载,降速。"

"氧气槽泄漏,紧急关闭。"

监控中心的大屏幕上,那条涟漪般的轨迹消失了。

全体工作人员都屏住了呼吸。片刻之后,潘万里拎起一把椅子扔了出去,一面玻璃墙被砸得粉碎。顾星河太太一把抱住女儿,失声痛哭。

太空舱内重新恢复了平静。

顾星河和马飞注视着闪烁的警灯,再次陷入绝望。两人打开录像机,开始对着屏幕录制遗言。

"恰恰,你看到这个视频的时候,不知道是大学毕业了还是出嫁了,还是也有自己的孩子了?"顾星河努力地微笑着,从宇航服的上衣口袋里掏出一颗牙齿,"看,这是什么?你的第一颗乳牙。爸爸的老家有一个说法,把孩子的牙扔到高处,孩子就会一生幸福。别的爸爸最厉害就是扔到房顶上,对吗?你的牙在外太空。你会是全世界最幸福的人。"

录像机的红灯无声地闪动着。

许久,马飞都没有说话。终于,他从固定在舱壁上的挂包里拿出一只地球仪——十几年的岁月已经让地球仪变得相当陈旧,但是能看出来受到了精心的呵护,所有破损的地方都非常小心地修补好了。

"爸。"马飞举起地球仪,对着屏幕郑重地说,"只让带一个东西,我带上了这个!就像那次考试前我做的一切一样,我尽力了……"

第 十 八 章

永 远 , 别 认 输 !

第十九章 爸爸的选择

建筑工程管理局的董局长最近有点烦。

有个一根筋老来上访,不分时间点儿地来,一开始还上办公室敲门,后来干脆在会议室门口堵着。人看着瘦瘦小小的,精力倒充沛得不行,每次来都背着一大堆材料。

"嗯,以后办公楼不能让人随便进!得弄俩保安,查证件!"董局长想。

他拿起饭盒里的包子,看看表,还差一刻钟开会。他一边吃着包子,一边拎起暖瓶,下楼去接开水。

刚出办公室,隔壁的老李头就一脸紧张地凑了过来小声说:"局长,那神经病又来了。"董局长一惊,拔脚要溜,却早被马皓文看见了,一脸惊喜地追了上来。

"总算碰见您了,董局。您上次说我材料不充分,这是我找到的新材料。这是东沛大桥施工时我给出的技术数据,这是我最新实地测量的数据,二者偏差非常大。事实很清晰,如果按照我的技术标准施工是不可能出问题的……"

马皓文从背包里掏出一卷卷技术材料,依次指给局长看。其他办公室里的办事员听到喧哗声,纷纷走到楼道里看热闹。

局长只觉得,不喝水光吃包子可真噎啊!

他费力地咽下最后一口包子,缓了口气说:"我好像说过不止一次了,你的事儿应该去检察院呀。"

"他们说,得让你们先出专业安全报告,不然证据不足没法受理。我知道麻烦你们了,我也不求恢复公职,就是要个说法。算我求您了。"马皓文弓着腰,双手合十,恳切地央求道。

董局长和蔼地点点头:"明白明白。这样,你让他们出个证明,然后我们再上会研究,好不好?"

马皓文直起身:"您这不是耍我吗?"

楼道里的人越聚越多,局长看看围观群众,笑容收了:"什么?"

"我来回都跑了几十趟了,你们拿我当球踢呢?"马皓文瞪大眼睛,声音也高了起来。

局长勃然变色,转身就走,急得马皓文慌忙伸手。没拉住人,一把拉住了暖瓶。暖瓶摔在地上,碎了。

第 十 九 章

爸 爸 的 选 择

老李头挺身而出,揪住马皓文的领子:"干什么你?"

眼看局长拂袖走远,马皓文拼命想要冲上去,却被老李头与其他办事员死死地按住,摔倒了。

片刻之后,马皓文被从办公楼里推搡着扔了出来。

他脸色铁青地走下大门口的台阶,马飞正坐在台阶上等他,津津有味地看《航空航天》杂志。

听到爸爸一屁股坐在自己身边的声响,马飞兴奋地叫道:"爸爸,你知道南海马上要办国际双航展了吗?航天展、航空展、飞行表演。你看,据说还有咱们中国最新定型的'飞豹'战斗轰炸机呢!"

见爸爸没有反应,只顾低着头,马飞直接上手搬他的脑袋:"你看你看呀……"

马皓文劈手夺下《航空航天》摔在地上,爆发出一声怒吼:"看什么看?这都什么乱七八糟的?马上考试了,你复习完了吗?能不能给我争点儿气?"

马飞被吼愣了,怔住了,半晌,突然皱起小鼻子,狠狠地推了爸爸一把:"讨厌你!"他捡起杂志,飞快地跑了。

马皓文望着儿子消失的背影,瞬间就后悔了,一脚狠狠踢向旁边的柱子。

整整一天,马皓文都在无比懊恼的情绪中度过。

傍晚,一天的工作结束了,他脱掉安全帽,一个人坐在挖土机的翻斗底下发呆。刘八两谄媚地笑着,挪了过来。

"马工,有个美差我第一个想到的就是你。考虑吗?"

马皓文连眼皮都没有抬一下,无精打采地说:"不考虑。不还我工资我不跟你说话。滚。"

这句简短的指令丝毫未令刘八两感到气馁,他亲热地递过来一张纸,上面写满了事业单位和公司的名称。

"就欣赏你这知识分子的风骨。全国到处都在搞基建,这名单上的都是和咱们合作过的老关系单位。你去把他们要开的新工程磕下来,差旅费全报,事成我给你再提百分之五。就当全国免费旅游呢?"

马皓文抬起手想要把纸推回去,无意中看见名单上有"南海"的字样。他的眼睛刷一下亮了,拿起纸,站

第 十 九 章

爸 爸 的 选 择

起来拔腿就跑。

刘八两也跟着猛地站起来,不小心一头撞上了翻斗,疼得直叫娘。

他冲着马皓文远去的背影,扯着嗓子喊:"哎哎,去不去给句痛快话呀?百分之八?百分之十?"

傍晚,一天的学习结束了,马飞一个人闷闷不乐地坐在田埂上。

大部分的花朵都已经凋谢了,稻穗沉甸甸地在晚风里点头,田野里有一股温暖肥沃的味道。

马飞扯过一根狗尾草,在嘴里咀嚼着。忽然,一个四角连着绳子的手帕像小降落伞一样从他眼前飘了下来,下面挂着一个画着笑脸的啤酒瓶盖。

"Hello?"是爸爸的声音。

"哼。"马飞别过脸,故意不看爸爸。

马皓文在他身边坐下,也扯下一根狗尾草,一边揉搓着,一边望着远方。

"如果你真的喜欢一个东西,就大胆地追求,别因为任何人说你而改变。对不起,儿子。爸爸也只是第一次学着当爸爸,所以,爸爸也会犯错。你确定你复习得没问题了吗?"

听到爸爸诚恳的话语,马飞态度和缓了些,但是语气仍然硬邦邦的:"前十名我肯定没戏。可我尽力了。"

"这就是我想听的。跟我来。来。"马皓文一把拉起马飞,向学校跑去。

马皓文在学校的一角找到了小高老师。

听完他的请求,小高老师的头摇得像拨浪鼓:"什么?你要给他请半个月假去看航展?不行不行,这简直太异想天开了。"

马皓文恳切地说:"你知道航展对他意味着什么吗?你们考前本来不是也有一个小长假吗?我只是占用这个假期,不占用上课时间呀。"

小高老师叹了口气:"那个小长假不放假,那就是专门用来补课突击的呀!别的孩子都在拼命,这可是他一生中最重要的时刻……"

第十九章

爸 爸 的 选 择

"不!这不是他一生中最重要的时刻。绝对不是。"马皓文的神情突然严肃起来,"他一生中最重要的时刻,应该均匀地散布在他的每一天每一分每一秒。他必须得知道人活着是为什么。我会在路上替他补课的,请相信一个爸爸对儿子的爱。小高老师?小高老师?"

话音未落,旁边的教室里突然走出了阎主任。

"小高老师从现在起,不再是他的代理班主任了。这位家长,请配合我们的日常教学工作。"

马皓文和小高老师都愣住了,正要说话,忽见黑熊、白狼两位保安揪着马飞从不远处走了过来。

阎主任朗声道:"最后冲刺补课阶段,所有同学包括之前走读的,都必须寄宿在校方便统一管理。家长可以回家取一些洗漱用品。"他翻腕看看表,公事公办地说:"马上晚自习了,无关人员请离开学校。"

"爸爸?"被黑熊牢牢捉住手臂的马飞露出绝望的眼神。

白狼走上前来,冲马皓文作出一个强硬的手势:"请!"

第二十章 最甜蜜的旅程

入夜了。

隔着学校的大铁门,在保安的监督下,马皓文面无表情,把洗漱用品一样样递给儿子。最后交到他手里的,是那个饱经沧桑的地球仪。

马飞抱着所有东西回到宿舍,坐在铺上毫无睡意,只是绝望地发呆。阎主任的手电光隔一段时间就会从窗户上划过,让他比任何时候都感觉自己像个罪犯。

"我的飞豹!我的战斗机!歼击机!……"马飞的心呼喊着,"一切都完了!"

"熄灯。"大喇叭中气十足地喊道。军号声中,整个大楼的灯光熄灭了。

月光投射在地球仪上,有一种别样的光芒。

第二天一早,阎主任满面春风地走在教学楼里。

所有不稳定因素都已经被他消灭,一切尽在掌握之中!他非常之满意。

走过初一六班的后门,阎主任例行靠近"阎公洞"旁瞥了一眼,就准备离开,忽然觉得不对,忙凑近又看一眼——

从洞口望进去哪里是真正的教室?分明是一张教室坐满了人的照片。阎主任打开后门,一把撕掉贴在洞口的照片,转头看向屋内。

"怎么回事?马飞呢?谁看见马飞了?"

同学们都转过身来看着他,齐刷刷地摇头。正好小高老师夹着教具走进教室,也是一脸的惊讶。

阎主任感到有一股热流噌地一下上了头,他痛恨这种有东西从自己紧握的铁拳中溜走的感觉。一切尽在掌握之中!不可能有差错!不可能……

他冲到大门口,喊来黑熊白狼,三个人以最快的速度爬上宿舍楼,踢开初一男生宿舍的门,冲了进去。

宿舍拉着窗帘,光线幽暗,马飞的铺位上睡着个人形的身影。阎主任一把扯掉被子,露出里面卷起的枕头和高高隆起的褥子。

紧跟着进来的小高老师诧异地看向阎主任:"您昨天晚上不是亲自查房了吗?"

阎主任脸上的肌肉不由自主地抽搐起来。

第 二 十 章

最 甜 蜜 的 旅 程

昨天晚上发生了什么呢？

马飞坐在铺上，捧着地球仪发呆。月光投射在地球仪上，有一种别样的光芒。

月光下，他忽然发现非洲东侧的海岸线扭曲了——不对，地球仪被人打开过！他小心翼翼地拧开连接两极的轴，地球仪里掉出一张小纸条。展开纸条，是一张路线图！

马飞的心怦怦地跳了起来，本已熄灭的希望又开始熊熊燃烧。

他迅速而无声地翻身下床，打开门，蹑手蹑脚地顺着走廊墙根往前跑。阎主任的手电光正在楼上转来转去，再过两分钟，就又会回到这里。

马飞加速跑到走廊尽头，那儿有一扇铁门，上面挂着铁锁。他心一沉，使劲拉门，却拉不开，脑门儿上立刻冒出细密的汗珠。

他深吸一口气，让自己冷静下来，借着月光仔细研究铁锁，才发现锁是虚挂着的，不由心下大喜，又难免有点疑惑。以阎主任的严谨,所有的通道都会锁得严严实实,怎么会留下这个缺口?

管不了那么多了!他轻轻推开门,闪身出去,快步跑到学校的高墙边。

宿舍楼的楼梯间里有个扎着马尾辫的苗条身影,她目送马飞跑远,脸上露出一丝不易察觉的微笑。

马飞从背包里取出厚手套——爸爸递给他的洗漱包是个锦囊,里面装着他可能会用到的一切工具——借助堆在高墙墙角的杂物和垃圾攀上墙头。保安室外面拴着的大狼狗闻到异样,站起来狂吠。他从包里抓出一把狗粮,准确地撒了过去,狗吠立刻变成了呼噜呼噜的进食声。

他翻过墙头,轻轻一跳。黑暗中,一双大手稳稳地接住了他。

"爸爸!"

东边的天空开始微微发亮,长夜就要过去。田野里,父子俩向着前方的光明狂奔。疯子从他的栖身处爬出来,拍着手叫道:"加油!加油!好啊!"

第 二 十 章

最 甜 蜜 的 旅 程

毫无疑问，那是马飞一生中最甜蜜的旅程。

爸爸带他去了很多过去只在书本和电视上见过的地方。他们走了很多很多路，见了很多很多人，吃了很多很多好吃的。

有生以来，马飞第一次乘坐火车见到了大山的外面。原来并不是所有的山都像东灵山那样陡峭，不是所有的河都像东沛河那样湍急。原来一层一层的高山也有结束的时候，它们会变成矮矮的丘陵，再变成平坦的田地和繁华的城市。

车窗外不断掠过他从来没见过的地形、树木和房屋，一个又一个完全陌生的世界。车窗内的世界同样新奇，天南地北的旅客操着不同的方言，但只要在绿皮座椅上坐下，就仿佛结成了一个临时家庭。

他们分享小包的花生米、白酒和自家腌制的鱼干；他们大声聊天，谈起各种古怪的见闻，并且一再保证都是亲眼所见。从行李里摸出一副皱巴巴的扑克牌会受到热烈的欢迎，整个车厢都会立即投入到激烈厮杀，并且在对决的过程中就全国不同地方的不同玩法论证一番。

大多数时间,马飞听不太懂大人们说的话,但是他们的谈话都那么有趣!任何课本里,任何课堂上都没有那样鲜活的语言、生动的面庞。太令人着迷了!

父子两人坐火车、坐船再换乘长途汽车,辗转数日,终于来到了南海市。

他们到达的这一天,已经是航展的最后一天了。

两人走下长途车,大大地伸了个懒腰,活动活动坐乏了的筋骨。放眼望去,到处都贴着航展的宣传材料。马飞激动地看向爸爸,马皓文冲他挤挤眼睛,从背包里拿出一个小小的老式柯达相机。

他们拍了整整三卷照片。这些照片有的很成功,大多数都很失败。

飞行表演的观赏票早就卖光了,但这种小事,不可能难住马工程师。

他拉着马飞向一座小山顶跑去。

"来这儿。快。这儿才是最佳观赏角度。"

空中,战斗机正在进行编队表演。父子俩尽可能地

第 二 十 章

最 甜 蜜 的 旅 程

向后仰头,捂住耳朵。

马飞一辈子都忘不了飞豹战斗机从头顶呼啸而过的那一刻。那一刻,他的耳朵嗡嗡作响,浑身的血液仿佛凝固了一般。

他想,爸爸问过他的某一个问题,好像有了答案!

返程的列车上,马皓文凝视着儿子,露出了骄傲的微笑。

马飞的脸上有一种喜悦的沉静,当一个人明白了自己为什么存在、以后的每一天应当如何度过时,他的脸上才会有这样的表情。

他难以想象几个月前的自己为什么甘愿在田野里睡觉也不愿意去学习,那种漫无目标的无所事事曾经让他感到多么烦躁不安!可现在,他的心充实而平静。

这种平静甚至让他在恶劣的环境里也能够泰然自若——他们乘坐的这列火车无比拥挤,座椅下、行李架上、过道里,能下脚的地方都塞满了人,空气里弥漫着臭烘烘的味儿。

马飞试图跨过一些人的头和一些人的腿,向厕所的方向挤去。远远一望,厕所里坐着两个背着大竹筐的老太太。他只好快快地转头回来。

"爸爸,厕所里全是人。"

火车停了。

马皓文看看车窗外:"忍不住了吗?嗯……那只有一个办法了。"

靠近窗口的众旅客像传递火炬一样,手把手接力把马飞递出了窗户。他一下地就跑向隐蔽处。马皓文被夹在过道深处,只能勉强伸着脖子冲窗外喊道:

"快点儿啊。这站就五分钟。"

紧挨窗口坐着的是个李逵一般的黑脸大汉,正跟对面坐席的精瘦中年人打扑克,不过似乎技艺欠佳,贴了满脸的纸条。旁边坐着他儿子,跟他像是一个模子里刻出来的,黑粗结实,此刻正专心致志地对付一只烧鸡。

黑脸大汉瞥一眼马皓文,羡慕地说:"你儿子真是个聪明娃。这一路有点功夫就自己看书学习。不像我这个货,笨得像头猪。"

第 二 十 章

最 甜 蜜 的 旅 程

他儿子从鸡架里抬起头来,忿忿地反驳:"你才是猪。"

"看人家哥哥肯定是三好学生。哪像你,就知道吃,不知道学习……"大汉拉下脸来,打了儿子头一下,回来一看牌又乐了,"哎,别动,抓你的王八!哈哈哈。"

马皓文看得有趣,不禁微微一笑,忽然觉得身子一晃,火车忽然缓缓启动了。

他急了,奋力跃身去扒窗户,连着几扇窗户都打不开。

终于找到了一扇开着的窗户,他探出头去朝车头的方向大喊:"喂,还有人呢!"

人声鼎沸,汽笛鸣响,列车员哪里听得见。

马飞从树丛里出来,看见火车动了,一下子也惊得呆了。

马皓文赶紧向儿子挥手:"马飞……儿子!儿子!站着别动,等我回来,站着别动……"

"爸爸?爸爸?"马飞开始追着火车跑。可是火车越开越快,不一会儿就消失在了铁轨的尽头。

马飞怔怔地收住了脚步,停在了站台上。

一道闪电穿透乌云,大雨泼洒了下来。

第二十一章 洪水!洪水!

大雨像天漏了一般下个不住。

雨水打在车窗上,白蒙蒙一片,外面的景物都看不见了。水顺着窗缝洇进来,把墙壁和座椅都浸湿了,滴滴答答往下直淌。

火车开得越来越慢,终于,停了下来。

一位前几节车厢的旅客湿漉漉地爬上这节车厢的门,稍事休息,并且带来了前方的消息。嘈杂的议论声从门口蔓延进来。

"听说前面泥石流,塌方喽。"

马皓文"扑通"一声跳下火车,顺着铁轨来的方向狂奔。

大雨冲刷着砾石,路非常滑。他不断地摔倒,又不断地爬起来,跌跌撞撞地只管朝前跑。

小站的月台上,马飞还在踮着脚望向火车开走的方向。很多车停下来,很多车开走了,人们慌慌张张地跑进跑出,他都并没有太在意。

突然,车站的喇叭响起了刺耳的警报声。

一位戴着大檐帽的铁路工作人员冲过马飞身边,又飞快跑了回来,惊慌失措地拉住他:"这儿怎么还有个孩子?马上转移!快!"

"我……我在等我爸爸!"

马飞手指铁轨的方向,连比画带说,极力分辩;然而雷声隆隆,警报阵阵,谁也听不清他在说什么。工作人员满脸焦急,看看天色,不由分说地给马飞套上一件雨衣,把他强行带走了。

马飞没有能够留在原地等爸爸,马皓文也没有能够在站台上找到自己的儿子。因为父子俩谁也没有想到,自己正在经历的,是一场百年不遇的大雨……

"几天以来,百年不遇的洪水肆虐整个长江流域,多地强降雨还在持续。解放军官兵对被困灾民进行了搜救工作……"

《新闻联播》的播报声从广州街头的一间商铺中传了出来。

店铺不大,靠门的一半是卖货待客的门面,靠墙的一半是堆放货物的仓库。货物很多,几件自用的家具电

第 二 十 一 章

洪水!洪水!

器实在放不下,干脆放在店铺门口,骑楼的屋檐下。

店铺的主人小孟正叼着烟卷从小货车上往下搬东西,他的妻子馨予把电风扇扭开,趴在箱子上,一边看着电视,一边给商品写价签。

电视画面上,山体滑坡,洪水肆虐,解放军战士挽起裤腿、满身泥泞地救起一个又一个灾民。

突然,一个熟悉的身影闯入了电视画面。他头发蓬乱,脸上全是泥巴,手里举着一张皱巴巴的彩色照片,满世界逮着人就问:"我儿子。谁看见我儿子了?"

照片上,一个挺拔的少年站在战斗机模型前,正咧着嘴大笑。

馨予猛地站起来,箱子被打翻了,价签散落一地。

洪水!洪水!老天无眼啊!

昨天,村庄里开满了鲜花,大黄狗在村口跑来跑去,蒸菜饭的香气伴着炊烟一起飘过水塘。今天,一切花和狗和香气都淹没在肮脏黑暗的泥水里。

昨天,李大爷过寿,特意换了双新布鞋,张二哥送他一副自己磨好的象棋棋子，两人痛快地下了一盘。今天，他们都变成了无家可归的孤儿，他们不再拥有姓名，只剩下一个称呼：灾民。

马皓文逆着灾民撤离的人流艰难地前进。迎面过来的一张张脸，乌黑的、惨白的、红肿着眼睛……有人的孩子找到了，妈妈抱着孩子痛哭。

一个戴铁路标志大檐帽的男人被裹在人流里走了过来，正是把马飞从小站月台上转移走的那位工作人员。马皓文见他面善，忙拦下来问。

工作人员已经救助了一天的灾民，疲惫不堪，经马皓文一提，也模模糊糊地想起了确实有个孩子。他踮起脚，在人群头顶上大致向东指了个位置。

马皓文向东冲了过去。

东面有一小片高地，是方圆唯一的一片高地。成群的灾民涌向岸边，解放军战士的橙色皮划艇不断地停靠在岸边，载人上去，又不断地离开。

"所有人请马上撤离。所有人请马上撤离。"一名军官拿着大喇叭喊。

第 二 十 一 章

洪 水 ！洪 水 ！

马皓文疯了一样扑了上去:"让我进去。我儿子很可能就在里面,让我进去……"

几个战士死命地拉住他。

"你要进去就出不来了。下一个洪峰,一个小时后就会到来。"军官放下大喇叭,严肃地说。

此时此刻,马飞正在不远处的一栋小楼里。

那四天是怎么过来的,他已经记不起来了。他只朦朦胧胧记得,自己一直在跑——在人流里跑,在水流里跑。他的身边有时候有很多很多人,突然之间,就只剩下他一个了。

小楼里早已没有其他人了,现在水面越来越高,各种家具物件都漂浮了起来,空气中弥漫着一股令人窒息的腥味。

马飞感到水流冲击着他的身体,冰冷彻骨。他开始不住地后退,浑身哆嗦。绝望和害怕,让他无声地哭了起来。

外面的高地上,马皓文声音颤抖着,连声哀求:"不能撤。里面应该还有人,同志谢谢你们,真不能撤。

谢谢你们。"

军官把大喇叭递给旁边的助手,助手转过身去继续大喊:"最后一次通知!所有人,马上撤离!"

马皓文忽然上前,一把抢下了助手的喇叭。

"干什么?"助手一惊,条件反射地就要按住他,被军官拦住了。

马皓文双手合十,饱含歉意地解释:"就让我说一句话。就一句话!"转头用尽全身的力气喊道:"马飞,马飞!我是爸爸!不知道你能不能听得见,我是爸爸!"

被围困的小楼内,濒临绝望的马飞忽然隐约听到了自己的名字。

"爸爸!我在这儿!爸爸!爸爸!"

他一边试图涉水向门口走去,一边高声喊着。

雨声、洪水声、叫喊声……巨大的混乱和嘈杂,没有人听得见马飞的喊声。

马皓文深深吸一口气,再次扬声高喊:

"如果你听得见,儿子!看看你周围有什么!想办法!动你的脑子,想办法!你能出来!你能出来!"

第二十一章

洪水!洪水!

马飞听到了。

爸爸的话像一针强心剂,让马飞对自己恢复了信心。他擦了擦眼泪,看向漂浮着的家具和杂物。他感到理性正在重新回到自己的大脑。

外面的高地上,负责指挥的军官从步话机里接到了最新的指示,他的脸色一下子严峻了起来。

"洪峰提前了,十五分钟后到达这里。所有人必须马上撤离!快!"现场瞬间混乱了。

马皓文焦急得浑身都在颤抖:"同志,再等一分钟!万一我儿子能出来呢,他肯定能出来……"

"撤离!"

军官、他的助手、战士们和他们的皮划艇全部调转方向准备离开。马皓文绝望地低下了头。

就在这个时候……

"爸爸!"

马皓文瞬间扬起头,四处搜索着。

"爸爸!"

在所有人的注视下,不远处的浪头上漂来一件东西。

一条鲜艳的彩带在浪头上挥舞,彩带下面,一座世界上最奇怪的水上运输器显露了出来。那是由门板和撕开的被单组成的简陋的木筏,马飞正以手做桨,奋力地划了过来!他的脸上写满了倔强。

一个拆下来的门板,可以当做木筏的主体。没有绳子,可以用被单和床单替代。如何制作一个木筏并不是任何一本教科书里的知识,但,这确实是一个十几岁的孩子有可能想得到的。

前提是:他要有独立思考的习惯和面对生活的勇气……

马皓文紧紧地抱住了儿子。

第二十一章

洪水!洪水!

第二十二章 履行赌约的时刻

浩瀚的宇宙里,时空被重新定义。

地球上的庞然巨物,在宇宙中不过是微尘芥子。在大气层内雷行电掣的飞船,在真空中看来却如海龟一般颤巍巍、慢悠悠。当这只海龟巡游于布满礁石的危险海域,令人担心的事故时时都有可能发生。

太空中,一块不规则的碎片意外飘来,击中了曙光号飞船的太阳翼转轴。

宇航员马飞从仪表盘上抬起头,眼神中充满认真和坚毅。

"指令长!可以确定失联的原因了:由于太空碎片意外碰撞,太阳翼转轴毁损无法翻转,导致我们几组中继测控天线都无法工作。更糟的是,飞船电量总会耗尽。给我一个出舱的机会,我有把握能修好太阳翼。"

顾星河摇摇头:"不行。手册上说了舱门打开最多就是一百八十秒。那么短的时间,修不修得好不说,一旦着火船内就会形成负压,舱门就再也无法打开了。我们再等等,看有没有更好的方案。"

"再等就是坐以待毙。"马飞翻阅着宇航员手册,

"说实话,我一直怀疑手册上的数字有问题……"

"手册怎么会有问题?那是无数人无数次测试的结果。记住,我是指令长,重大决定必须我说了算。我们是两个人出来的,要么一起死,要么一起回去!"

顾星河伸出右手,在马飞的右手上重重地按了一下。这是生死关头,一位勇士与另一位勇士订下的盟约。

马飞抿紧了嘴角,他感到自己又一次走进了人生的考场。

博喻学校的大铁门外站满了家长,大部分人都扒着铁栏杆朝里望;唯独有一男一女却是背对大家,眺望着来路的方向。

这男的矮胖,女的高瘦,两人都风尘仆仆,像是经历了长途的旅行才来到了这里。男的脸上满是焦急,女的除了焦急还有一股隐隐的怒气。

人群不远处,疯子一边跳一边拍巴掌喊:"考试喽!加油,加油。"

第 二 十 二 章

履 行 赌 约 的 时 刻

"会来的，媳妇，会的。"小孟很没有底气地安慰道。

馨予没搭理他。

大门内响起了嘹亮的军号声。

号声即将结束的时刻，马皓文和马飞父子俩出现在了视野里。只见马皓文拉着马飞拼命狂奔，在铁门关上的一瞬间，用尽全力把马飞推进了学校。

馨予上前，狠狠一耳光，打在马皓文脸上。

马飞跑进初一六班的考场时，考试已经开始了两分钟。刚刚拿到试卷的同学们都顾不上看题了，纷纷抬头看他。小高老师看到马飞，眼睛亮了，欣喜地走来拍了拍他的肩膀。

马飞在座位上坐下，面对试卷，闭目沉思一会儿，拿起了钢笔。

很快，阎主任走进了教室，小高老师被赶了出去。

经历了上一次的巨大挫败，阎主任决定不再相信任何人，他要自己来。他上下打量马飞一番，冷哼一声，示意他站起来。马飞的手掌、胳膊、上衣、裤兜、大腿、鞋底被依次检查，文具袋被完全翻过来，钢笔被拆开……即使是入狱的安全检查也不可能比这更细致，周围的同学都发出了窃笑。

干干净净，一无所获！阎主任非常失望！他宁愿相信马飞采用了什么高科技的作弊手段，也不愿意承认他压根儿没打算作弊。看那小子一脸轻松的样子！什么时候他能够这么坦然地参加考试了？定然有诈！

阎主任非常不情愿地示意马飞坐下来继续答卷。

他并不知道，对于马飞而言，刚刚走出生活里的那个大考场，再次走进学校的小考场，确实觉得没有什么可怕的了。

人生没有哪一天更重要。

铃声响了，考试结束。其他同学都陆续交卷了，只有马飞还在低头写。一直坐在教室后排观察的阎主任冷笑着走过去，敲敲桌子。马飞平静地抬起头，画上了最后一个句号，起身走出了教室。

爸爸、妈妈和孟叔叔都在大铁门外等着，马飞冲他们微笑，举起右手，用食指点点脑袋，充满自信地做了一个 OK 的手势。

第 二 十 二 章

履 行 赌 约 的 时 刻

一周后,成绩放榜了。

一如所有的放榜日,博喻学校教学楼前人头攒动,都挤在一红一白两张纸前。红纸是优胜榜,上写着期末考试成绩年级排名前一半的学生姓名;白纸是劣汰榜,上写着后一半学生的姓名。

人群中有哭的、有笑的、有骂的,情绪不一,五味杂陈。有的家长沉稳,看到成绩并不表态,把孩子带回家,关起门来才慢慢收拾;有的家长仔细,随身携带家伙事儿,找到名字就开始男女混合双打。

马飞拉着爸爸挤进人群,先指着劣汰榜,挤挤眼睛调皮地笑道:"爸爸,先从我最习惯的位置看起吧?"

两人飞速地逐一看过,果然没有马飞的名字,相视一笑。

接着看优胜榜,从第一名看起,第二、第三……越过第十名,马飞的心一点点地沉了下去……

"爸爸,我在这里!"他声音颤抖着,用手指着红纸的尾部。

身后传来一个冷冰冰的声音:"我要恭喜马飞同学,取得了年级第六十五名的好成绩。不得不说,从垫底到这个名次,确实是一个巨大的进步。但,规则就是规则!言出必行,这样才是对同学们最好的示范!对吗?"

父子俩转过头来,阎主任双手抱胸,脸上露出胜利的微笑。

半小时之后,马皓文已经把宿舍里马飞的被褥和生活用品都收拾好了,准备招呼儿子离开,却发现儿子背对着自己,一动不动。

马飞的肩膀忽然耸动起来,他流着泪说:"对不起,爸爸。对不起。"

马皓文放下行李卷,走过去扶住儿子的肩膀,深深地看着他的眼睛,真诚地说:"不,儿子,你是爸爸的骄傲!你不知道我有多崇拜你!"

教学楼前,小高老师凝视着成绩榜单,似乎想起了什么,急匆匆地向教研室走去。她要找一样东西。

她刚刚离开,一辆货运面包车开到操场旁边停了下

第 二 十 二 章

履 行 赌 约 的 时 刻

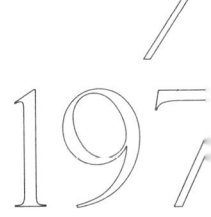

来。小孟拎着一挂鞭炮下了车,用晾衣竿高高撑起来,从嘴角拿下烟点着,倚着车,噼里啪啦只管放了起来。

黑熊和白狼被鞭炮声惊动,跌跌撞撞地冲了过来,伸手要夺。

"干什么呢?今天教委领导视察,别找事儿啊……"

"别招我啊!你再动一下试试?"小孟一声暴喝,睚眦尽裂,猛地一抬手,饶是壮如黑熊、凶若白狼也被甩了个趔趄,两个保安不由畏惧地向后退去。

孟叔叔向正走过来的马飞点点头:"没事啊儿子,你没别的,你就爸爸多!东沛打听打听去,孟叔叔没别的就是有面子。破学校不要咱,咱还不稀罕呢。转学!其他好学校咱随便挑。"

马飞认真地说:"不用了孟叔叔,我自己考,我可以!"

几人正准备转身上车,忽见小高老师从教学楼里跑了出来,一边挥舞着手中的试卷,一边高喊:"等一下!马飞总成绩二百六十六分,距离年级前十只差十九分。唯一拖后腿的,是这张卷子!"

第二十三章 《不可错过的时光》

阎主任的办公室内群贤毕至,省教委的领导和观摩的教师们正在他的指引下参观。屋内的气氛团结紧张严肃活泼,来宾们对博喻学校的教学工作十分满意,频频点头。

"本市第一个全省状元就是这里走出去的。这些都是我校近些年高考的优秀学生。"阎主任骄傲地展示墙上的陈列,"恢复高考第一年,考上北大;一九八六年、一九八七年、一九八八年,连着三年全省前三⋯⋯"

一阵骚乱打断了他的话。

马皓文摆脱黑熊白狼的阻拦,硬生生冲了进来。

"阎主任,这是我儿子的语文试卷。您给他的作文打了零分。对这个成绩我毫无意见,我只是想让他当众念一下他这篇作文,可以吗?"

黑熊试图一个劈砸,没有成功,只能去捉马皓文的手。

"放开我⋯⋯放开⋯⋯"马皓文扭打着。

阎主任的忍耐到达了极限。

就在不久以前，他曾经认为自己今生再也不用见到这个人了，并为此感到发自内心的愉快。然而，命运只让他的愉快持续了半个多小时，就残忍地把愉快变为惊慌和愤怒。

在他最不容许有闪失的场合下，在他最想取悦的尊贵客人面前，他又出现了！不，他不是一个人，那个孩子和他们一家又出现了！

阎主任再也无法控制自己，他失态地咆哮道："出去！让他出去！"

"怎么回事？"教委王副主任皱起了眉头。

阎主任的心头滚过无数恶毒的咒骂。他发现小高老师跟在马飞的妈妈和继父后面也走了进来，眼睛里恨不得飞出刀子。然而，小高老师也昂着头看向他，脸上没有丝毫的畏惧。阎主任深深地吃了一惊。

小高老师走到王副主任身边，俯身低声说了什么，王副主任听着，点了点头。

马皓文鼓励地看看儿子："马飞，开始吧。"

马飞拿起试卷，看看大家，小声地读了起来：

第二十三章

《不可错过的时光》

"作文题目,《不可错过的时光》。人的一生,有的短,有的长,什么是不可错过的时光呢?我爸爸曾经是一个了不起的桥梁设计师,可他犯了很严重的错成了罪犯。世界上还有比他更糟糕的爸爸吗?在监狱里他整整待了两千四百八十三天,完全错过了我的成长。他总是说,如果时光可以倒流就好了。"

听众开始窃窃私语,狐疑的目光在马皓文和小孟之间转来转去。小孟咳嗽一声,尴尬地去看墙上的照片。马皓文则沉浸在儿子的朗读中,丝毫没有注意到周围发生的一切。

"那么,对一个国家来说,不可错过的时光是什么?请想象一百多年前的某一天。一位大臣向太后进贡了一辆代表现代文明的汽车。那一天,紫禁城的上空万里无云,别人都觉得太后应该心旷神怡,偏偏太后自己感觉九死一生。最后,对着旁边鼠目寸光的老太监,太后提出了一个重如千钧的问题⋯⋯"

在马飞清脆的声音中,一百年前紫禁城中的画面徐徐展开⋯⋯

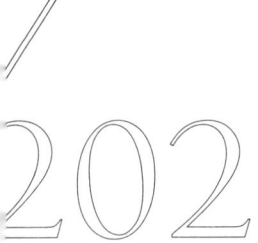

太和殿前的广场上,一辆汽车缓缓地开动起来,发动机轰鸣,车轮辚辚,唬得围看的小宫女小太监纷纷后退。太后面如土色,扶着轿厢才勉强站住。贴身老太监强作镇定,小碎步跟着汽车在跑,又不敢离得太近,一时颇为张皇。

汽车停下了,老太监急忙跪下,惊魂未定的太后看看他,颤声问道:"小阉子!这马跑这么快,它一定吃了不少的草吧?"

所有人忍不住哄笑起来。几个观摩的老师轻声议论:"明显是跑题了!第一段还像个样子,以为会写和爸爸的感情,可惜后面不知道在说什么。还是切题的问题。"马飞看看妈妈,妈妈和孟叔叔都失望地摇了摇头,旁边的小高老师露出焦急关切的神色。

"继续念。"马飞听到爸爸说。

"和科学擦肩而过,使得我们这个伟大的民族多走了多少弯路?如果我们每个人都更加努力,整个世界都

第 二 十 三 章

《 不 可 错 过 的 时 光 》

会因我们而改变……"

养心殿内,老太监正服侍太后用茶,忽听传报,只见小皇帝锦冠束带,英姿勃勃地走了进来。

小皇帝跪倒,朗声道:"拜见母后老佛爷。科学兴则国兴。几十年后世界列强定会向外太空开疆拓土。孩儿想申请科研经费,率先打造宇宙飞船。"

太后呷一口茶,悠悠问道:"宇宙飞船……是何怪物?"

旁边的老太监连连摇头:"莫名其妙,荒谬绝伦。"

旁边的阎主任连连摇头:"莫名其妙,荒谬绝伦。"他环顾四周,准备迎接与自己观感相同的目光,却吃惊地发现一部分听众竟露出了津津有味的欣赏之情。一位年轻的老师催促着:"继续念啊。"

御花园前,马飞和小高老师两位工程师展开宇宙飞船的设计图纸,小皇帝在图纸前踱步,不时与工程师们商议几句。

"我觉得可以用曲速引擎做动力,因为这样可以超过光速……"

不久之后,一艘五彩斑斓的飞船被造了出来,有圆圆的身子,触角般的天线,正是一个孩子想象中的样子。老太监搀扶着太后前来,太后绕着飞船来回观瞧,大为讶异。

小皇帝拜倒在地:"启禀母后老佛爷,儿臣这次要御驾出征,目的地,火星!"

在太后的含泪注目之下,烈焰与水雾之中,飞船徐徐升空。飞行速度一点点加上来,推力越来越大。太空舱内的小皇帝紧闭双眼,屏住呼吸,承受着剧烈的抖动负荷。

终于,飞船登陆火星了。小皇帝牵着马飞和小高老师的手走出舱来,在太空自由自在地漫步。

马飞抬起头,作文念完了。

第二十三章 《不可错过的时光》

已是傍晚时分，夕阳照在马飞身上，给他镀上了一层金色的光芒。

听众们互相看看，谁也没讲话。

# 第二十四章 火光冲天的狂欢

"严重跑题,大家没有异议吧?"阎主任清清嗓子,高声说道,几个老师也跟着点头。"标准答案很明显,中心思想应该写如何珍惜学习时间嘛。而这篇作文,离题万里,东拉西扯。再打一万次分,我认为也必须是零分!"

教委王副主任微微颔首。

马皓文举起手:"我反对。我不懂什么叫标准答案,可是我刚才听这篇作文,我觉得很美,也很感动。美,有标准答案吗?"

阎主任掩饰不住的鄙夷:"到了高考被打低分的时候你就知道有没有了。我是为学生负责!"

马皓文上前一步,大声问道:"我们是为了某一次考试负责,还是为他们的一生负责?马上新世纪了,我们处于最伟大的时代,三十年后世界进步成什么样你敢说你知道吗?你不知道你怎么负责?"

阎主任也上前一步,手指几乎碰到马皓文的鼻尖:"强词夺理。即便不知道未来世界什么样,难道我们这些过来人就放任他们不管吗?"

"绝对不是!"马皓文从马飞手里拿过试卷,"每一个选择题都是四个选项,A、B、C、D,这个方法非常好。但他们未来漫长的一生里,碰见的哪个问题会自动有这四个选项呢?知道 ABCD 很重要。更重要的是,孩子们要知道答案常常还有 EFGHIJKLMN……不管世界怎么变,只要每个问题都想到 X、Y、Z,我们的孩子就一定能主宰自己的命运!"

两个男人你来我往,形势剑拔弩张,听众们不由交头接耳,议论起来。

孟叔叔猛烈鼓掌:"说得好!什么意思?"

王副主任微微一笑,翻开笔记本,左右看看:"这个争论很有趣,也非常有代表性。这样吧,今天正好这么多教育界的同行,不如大家各自打个分?"

片刻之后,老师们打好了分数,分数被统一交到了王副主任手中。

他戴上老花镜,看了看,略一沉吟,说道:"我个人先表个态吧。在我们以往的教育实践中,这样的作文打零分……是毫无问题的!果然,有三位老师都同意我

第 二 十 四 章

火 光 冲 天 的 狂 欢

们的看法。"他数出手里的三张纸:"零分!"

阎主任难掩笑意,扬起下巴得意地瞟了一眼马皓文。

尽管马皓文有一定的心理准备,听到这样的打分,难免心生失望。他强压怒火,牵起儿子的手,准备离去。

"但,"王副主任从老花眼镜上方看看马飞,狡黠地笑了,"还有三位老师打了满分。显然按照新的教改理念,他们对这篇作文所展示出的宽广的知识面和丰富的想象力大加赞赏。"

马皓文又惊又喜,收住了脚步。

"其余的,二十五分,二十八分,二十分,三十五分……哦,这个是我打的分。"王副主任抽出一张纸,摇头笑道,"我扣的五分,是他开头堆砌的那五个成语,那个实在不能说是很贴切!我看看平均分啊,二十三点六分!"

"耶!"马飞欢呼起来,跳起来与妈妈和小高老师分别击掌。

阎主任的脸色一下子灰败了。

王副主任微笑着拍拍阎主任的肩膀:"其实这不就是我们这次深化教育改革会要讨论的主题吗?阎主任,我的看法是,这样善于思考的孩子多一点,我们的国家,会越来越好!"

小高老师疼爱地摸了摸马飞的脑袋,阎主任一言不发只是摇头。

突然,窗外传来了山呼海啸一般的呐喊声,引得办公室内众人都走向窗边往外看。

王副主任奇道:"那是什么?"

夜色中,成百上千的学生涌入操场,他们边跑边卸下背上的书包,把里面的书本和试卷倾倒出来。他们开始撕书、撕作业本、撕试卷……有的学生跑到教学楼的阳台上去撕,把纸片尽情地向空中抛洒。瞬间,学校里像下起了飘飘洒洒的鹅毛大雪。

纸片的雪地上,一个剃了光头的男生扒下校服,掏出一个打火机,点燃了厚厚一摞课本。同学们迅速围了上来,把自己手里的试卷投进火光里。大家围着火堆大

第 二 十 四 章

火 光 冲 天 的 狂 欢

喊大叫,又笑又跳,像在进行某种神秘的祭祀仪式。他们一直笑到流泪,跳到手足发抖。这是学生们的狂欢。

"博喻学校一年一度的特色,也是阎主任唯一默许的学生狂欢。这些参与者都是刚刚参加完高考考了高分的学生!"马皓文轻轻地说。

阎主任不以为然地说:"他们辛苦那么多年,考好了高兴一下,这有什么问题?"

马皓文反唇相讥:"如果刚刚考了高分的孩子都如此急不可待地抛掉甚至焚烧课本和试卷,我很担心他们是不是真的热爱学习!学习难道不应该是一个人一生的习惯吗?他们未来的人生……"

阎主任受够了。

整整一天里,这个讨厌的家伙像只牛虻一样不停地骚扰他的神经,否定他的价值,破坏他的威严,令他出丑!他终于忍无可忍地爆发了:"他们未来的人生都是最棒的人生!比你这样的家伙强一百倍!一千倍!一万倍!我的孩子们,是最棒的孩子!任何人也否定不了我!看看墙上,我的孩子们考出过那么优秀的成绩……"

马皓文打断阎主任的话,指着窗外,厉声问道:"那他是谁?他是谁?"

窗外,一个矮小的身影冲进操场,和孩子们一起狂呼乱喊。

正是疯子。

所有的人都愣住了,大家都看向阎主任。

阎主任歇斯底里地叫道:"谁让他冲进来的?快把那疯子轰出去……"

马皓文指着墙面上那个显眼的空白处,继续发问:"现在你要轰他出学校了吗?这里,为什么少挂了一个相框?为什么?"

"够了,不要说下去……"阎主任再也支撑不住,他捂住脸,靠着墙壁滑了下去,原本魁梧的身躯此刻佝偻得像个小老头。

马皓文冲到门背后,找到了一个面朝里倒放着的相框。相框落满了灰尘,显然已经有些年头了。他把相框摆正,高高举了起来——里面有一张微笑的少年的脸庞,

第 二 十 四 章

火 光 冲 天 的 狂 欢

竟依稀是疯子。

"曾经你最得意的弟子！您一生没有孩子，大家都说您对他就像对您的亲儿子一样，七年前，把火炬交给我的上一任火炬手，对吗？"

第二十五章 我变了,学校也变了

七年前。

火炬手距离东沛大桥的桥头还有二百米,他发现交接线没人,步履明显迟疑了,慢了下来。终于,马皓文顺利地接过了火炬,他大大地松了口气,转过身来。

女记者不失时机地把话筒递上来:"现在跑来的火炬手,是来自博喻学校的高三学生。前不久,他刚刚成为我市的第一个全省高考状元……"

阎主任颓然坐在墙边,任由马皓文说着。他听见众人发出惊异的倒吸凉气的声音,知道大家都在看着他,可他再也没有力气抬起眼,没有力气讲话。一直支撑着他的某种东西倒塌了,正在从他体内悄然流逝。

他低垂的眼睛唯一能看到的,是那幅相框的一角。那曾经是他多么熟悉的一张照片!那曾经是他多么疼爱的一个孩子!

"他做功课时,我总是陪伴在他身后。他做起题来又快又好,特别有韧劲儿,每天做到凌晨也从不喊累。

"那些年,他拿了好多的奖。从区里到省里,数学、物理、化学大大小小的奖项都被他拿遍了。"

"省状元!披红挂彩,全省的中学巡回演讲,多大的荣耀啊!"

阎主任的思绪被小高老师打断了,只听她哽咽地说道:"是的,在您的严厉教育下他以最优异的成绩考入了名牌大学,然后呢?刚刚上到大学二年级,仅仅就因为一门《模拟电路》的成绩不及格,这可怜的孩子就无法接受他的命运……那一年,他才十九岁啊!"

阎主任猛然抬起了头——那段他人生中最为黑暗的记忆霎时间涌上心头。曾经,他以为取下相框他就会忘记。一度他也以为自己已经忘记了,可是现在他才知道,这道伤疤一直都在,一直在流血。

"做出决定之前,听说你还反复地看那张试卷,试卷被踩脏了,你的脚印。五十九分,你一定从来没见过。六层高楼的楼顶,跳下来一定很疼吧?

"你活下来了,但,你疯了。你想进学校,可是我不能……还有这么多学生……保安把你推倒了。

"我远远地看见你了,可是我不能……我难道不伤

第二十五章

我变了,学校也变了

心吗?我取下了相框。"

小高老师走近阎主任,蹲下来握住他的手,流着眼泪说道:"主任,您把自己的一生都献给了教育,您是我最敬重的前辈。但面对我们的孩子,我们能说,这一切和我们毫无关系吗?"

大家望着狂呼乱喊的疯子,都眼含热泪。

阎主任彻底崩溃了,失声痛哭起来。

窗外,火光冲天。

那天晚上,马飞在日记本里写道:

"后来的岁月里每当我遇到困难,我就会想起那个火光冲天的夜晚。是啊,面前的这点小事,有什么了不起?我的人生,还有那么长呢……"

在博喻学校的后五年,那个比最蠢还要更蠢一点的小笨蛋,变成了学校里最受人关注的学生。他常常讲起自己的传奇经历,每个细节从不撒谎。同学们总是围在他的身边,听他侃侃而谈,一边发出"哇哦""哇哦"的赞叹声。

"当时,五十米的洪峰向着我压过来,我一个深呼吸扎进水底,我的身边,全是这么大啊……不对,这么大的鱼群……鱼那么大的嘴,我头一低躲了过去……"

马飞确信,自己可能真的是一个不一样的孩子。

与此同时,似乎是一夜之间,阎主任老了。

在很多地方,博喻学校都变得和以前很不一样。

比如,每个教室后门上的"阎公洞"后都不再出现监视的眼睛,而是变成了一个又一个的笑脸。

又比如,校门口的疯子不见了。

那是某个开学日,家长和学生们鱼贯而入,铁门关上了。像往常一样,隔着铁门,疯子眼巴巴地看着学校里面。忽然,铁门又打开了,阎主任走了出来。

疯子吃了一惊,下意识要躲,阎主任却走近他,像从前那样紧紧地抱住了他,一如父亲紧紧地抱住了阔别已久的儿子。疯子似乎明白了什么,在阎主任怀里"呜呜"地哭了起来。

再比如,总在学校外晃悠、打劫学生们的四个坏小子吃了亏。

第二十五章

我变了,学校也变了

那一天，天气很冷，四个坏小子又在大垃圾堆旁边，聚在一起抽烟。垃圾堆那头，马飞和马皓文出现了。疯子远远地看见了，以为又要打架，唬得连忙躲了起来。

"你们几个！能学点儿好吗？"马皓文高声挑衅道。

坏小子们没想到这次自己还没出击，对方竟然主动挑衅！嘿嘿，正嫌闷得慌！四人狞笑着掐灭烟头，扔在地上，冲了过来。

马皓文和马飞迅速朝两个不同的方向跑去，马皓文故意跑得很慢，迅速被坏小子们追上了，眼看要被包围。马飞从垃圾堆里扒拉出来一个早就安排好的遥控器。

"三、二、一……火箭升空。"

巨大的气泵把垃圾堆炸开了。坏小子们猝不及防，全部被气浪掀在了半空中，又重重地摔下来，与西瓜皮、塑料袋和其他垃圾一起稀里哗啦地落在了地上。他们哭爹喊娘，一片呻吟，再没了往日的威风。

"爸爸说，任何知识，如果你只是为了考试而死记硬背却从来不打算使用,那知识就毫无意义。"马飞高高地举起遥控器,得意地说。

马皓文走到坏小子面前,微笑着说:"以后不许欺负任何人,记住了吗?"

坏小子们哪里还敢还嘴,只会惊恐地点头。

马飞四处看看,找到了躲在大树后面的疯子。他从怀里掏出一册书,翻开指给疯子看:"疯子疯子!我做的这个气泵用的是发动机的原理。'吸、压、爆、排',听说初二物理你是一百分,还能想起来吗?"

本来只想逃跑的疯子看到书上的图例,停了下来。他凝视着课本,似乎想起了什么。

在广阔的田野里,马飞像他改造和调试的航模一样,一天比一天飞得更高、更远。

第二十五章

我变了,学校也变了

第二十六章 马飞飞向太空

五年后。

高三的最后一个学期刚刚开始，阎主任请马飞来到他的办公室。

"今年，你是博喻唯一有希望冲击状元的学生。我有一个请求，可不可以放弃考飞行员的决定？"阎主任沉吟了许久，充满热切和希望地看向马飞。

马飞愣住了。

阎主任从书桌里取出一个早已制作好的相框——相框非常精美，用的木头比以前任何一年的都要好，里面是马飞的照片。

阎主任紧紧盯着马飞，目光中的热切逐渐升温，变得甚至有些狂热。

"你父亲当年不是跟我打赌说要让你成为最出色的学生吗？好吧，我可以认输！看，我已经准备好了。只有你，才能替博喻重新实现往日的荣光。"

他看到马飞并没有动容，声气柔软了下来，把相框递给马飞，略带哀求意味地问："算主任……求你？"

马飞觉得很为难，阎主任这样的铮铮铁汉突然婉转求情,让他很难应付。但是,他心中的梦想实在过于巨大,他想要达成的目标实在过于重要,短暂的为难与之相比简直微不足道。

"可是,这是我自己的事。对不起。"马飞深深地弯下腰,鞠了一躬,转身走了。阎主任勃然大怒,把刚才小心翼翼拿在手里的相框猛地摔了出去。

不久之后,在别的考生还在埋头准备高考考试的时候,马飞已经提前得到了飞行员的录取通知书。

拿到通知书的那一刻,马飞立即飞奔去告诉了还在工地上工作的爸爸。然而马皓文并不是第一个知道这个消息的人。仅仅比他早十分钟,民航局的一位朋友将这一喜讯传达给了阎主任。

其时,阎主任正在沙坑里玩双杠。在这个他最引以为豪的项目上,他突然就失手了。整个人趴在沙坑里,一动不动。

博喻学校的篇章结束了。

人一定要做自己喜欢的事情。

第 二 十 六 章

马 飞 飞 向 太 空

八年时间里,马飞每一天都在跃升、俯冲、半滚筋斗、半筋斗翻转和大载荷机动飞行中度过。他的飞行时间总计一千二百小时,飞行距离超过六十万公里。

直到有一天……

马飞结束了日常训练,准备回宿舍冲个澡。他戴着耳机,一边听歌一边用手打着拍子,一开宿舍门,却发现屋里赫然站着几个表情严肃的军官。

他连忙扯下耳机,看看军官的领章帽徽,心下更为吃惊。只见为首的中年军官个子不高,黑黑的脸,身材比他想象中的略胖一些。那军官走上前来,随意地从上衣前兜掏出张身份牌展示了一下。

"航天中心,潘万里。航天员,想干吗?"

马飞愣住了。

他的耳朵嗡嗡作响,浑身的血液仿佛凝固了一般。他再次找到了当年飞豹战斗机从头顶呼啸而过时的感觉。

半响,马飞只能讲出一句话:"我什么时候可以报到?"

高大开阔的航天训练中心。

主场地像一个厂房,却是世界上最严整洁净的厂房。

巨大的白色钢结构支撑着顶棚,顶棚之下安装着各种奇怪的设备,模拟航天飞行器的各个不同部位。场地中间还有一个水池,池水幽蓝,深不可测。墙壁上写着一行鲜红色的大字:"严而更严,慎而更慎,细而更细,实而更实"。

已知人类最高的智慧、最强的技艺、最久的耐心和最大的勇气全部凝结在这个屋顶之下。能够站在这里的人,是人中的翘楚,是超人,是英雄。

两千名飞行员肃立,静静地聆听潘万里总指挥的训话。

"你们两千个人,是从全国的飞行员中选拔出来的精英。最优秀的十个人会入选为航天员。而最终能够上天的,不超过五个人。你们会接受最严格的训练,也会面临最残酷的淘汰,甚至是直面生死的考验。有信

第二十六章
马飞飞向太空

心吗?"

"有!"

人群中,马飞挺起胸膛,喊得格外大声。

航天员的训练是残酷的。

为了适应从地球到太空再返回的极端环境,准航天员要让身体和心理经受非比寻常的考验。

快速旋转的转椅被用来训练前庭功能,浮力模拟池用来进行失重状态下的动作练习,大型离心机可以增强学员对超重的耐受能力,隔离舱能够帮助学员提高对太空生活的适应……

除此之外,他们还要学会使用弹射座椅等救生设备,以及在极端炎热和寒冷的环境中自我生存的技能。

每一天的训练都将人置之死地,然后,教他们活下来。

能够活下来,意味着这个人不仅有强壮的体魄,更重要的是,他一定有一颗强壮稳定的心脏。

两千个人中,不断有人离开。马飞始终咬紧牙关,坚持到了最后。

终于，该进行最后的真实航天器全程序模拟飞行了。

马飞穿好宇航服，坐进飞行舱。舱门关上了。

舱外，医务人员密切地注视着仪器屏幕上的数字，忽然露出了纳闷的表情。他上上下下地看，又去检查仪器电源。

"还是七十五次？绝对不可能！为什么马飞第一次上天心跳没有明显变化？肯定是仪器坏了。"

场地外的落地玻璃窗旁，站着总指挥潘万里。他严肃的面容上露出了一丝笑容，眼里充满了赞许。

第二十六章

马飞飞向太空

第二十七章 可怕的秘密

马飞很希望爸爸能见证他的努力,但爸爸就是不肯来看他。

"爸爸说,每个人都有自己的人生。儿子长大了,爸爸就应该去忙他自己的事情。早就失去设计桥梁资格的他,以吕叔叔的名义又设计出了很多座大桥。吕叔叔的官职一升再升,没有人知道他的功劳。"

马皓文的生活非常有规律。每一天早上六点钟起床,吃过小高老师准备好的早饭,开始设计图纸,一直到下午两点。如果需要把图纸交给吕胖子,他会在两点半出发,骑上自己那辆破旧的自行车,先找个馆子吃碗面条,然后到吕胖子家的高级住宅区与他碰面。

去吕胖子家的一路上,会经过几座他这些年设计的大桥,挺拔地屹立在东沛河上,桥上车水马龙。有时候高兴了,他会停下来,微笑着看看桥上来往的车辆行人。

路上也会经过那座废墟,马皓文也会停下来,静静地远眺一会儿再离开。

无论是马飞还是小高老师,大家都知道他心中最大的遗憾是什么，但是没有人敢和他提起这件事。

但人生的秘密真是太有意思了。它常常就像你在家里弄丢了的一串钥匙，找啊找，怎么也找不到，等到你彻底放弃了的某一天，这串钥匙突然就放在你的面前……

那一天，马皓文正在相熟的馆子里埋头吃面，忽听身后的包间里传来了争吵声。一个陌生的声音首先飘进了耳朵："……若不是水泥厂倒闭了走投无路，我能跟你张这个嘴？翻脸不认人是吧？逼急了我把东沛大桥的事儿说出去！我把那年夏天，你背着马皓文那冤死鬼干的好事全说出去……"

"小点声！"一个熟悉的声音制止道。

马皓文瞬间放下了筷子。"东沛大桥""冤死鬼"这几个关键词唤起了他的好奇心，也戳中了他的痛处。他预感到，郁结十几年的心事即将面临重大的了结。

包间的门轻轻闭上了。

马皓文若无其事地站起来，轻轻走过去，隔着门缝往里看去——吕胖子宽阔的后背对着门口，对面坐着一

第 二 十 七 章
可 怕 的 秘 密

个神情激动的中年人。

那中年人红红的脸膛,头发蓬乱,脸上皱纹很深,正是东灵山水泥厂的厂长老何。当年,他曾求到自己的门上,想让东沛大桥使用他们厂的水泥,可是他们的水泥根本不符合标准,马皓文拒绝了他……此刻,老何正抓着吕胖子的手,怒目圆睁,满脸是汗,努力压低声音说着什么。

一切都明白了。

马皓文的身子顿时软了,他靠在墙上努力调整呼吸,不知道怎么挪动双腿走回到座位上。他恍惚地从包里掏出毛巾,无意识地擦汗,汗却像永远也擦不完。

包间内,吕胖子掏出一沓现金,手指蘸着唾沫点了点,满脸厌恶地递给老何。

"拿了钱滚蛋。从今往后,咱们谁也不认识谁。"

他见老何没有伸手,只是张大了嘴巴,呆呆地望着自己的身后,不由有些不耐烦。

"怎么,你傻啦?"

吕胖子的身后,包间的门大敞着,马皓文站在门口。

老何目瞪口呆地看着马皓文，机械地伸出手向他指去。

吕胖子转过头去，也傻了。马皓文眼含热泪，一拳砸在他的脸上。

一拳，又一拳。

饭馆的服务员冲进来想要阻拦，完全拉不住。钱在飞舞，吕胖子倒下了……

第二天，马皓文这辈子第二次上了社会新闻。不过和上次不同，这次他只被刑事拘留了十五天。

下雪了。

马飞结束了训练，顶着漫天的风雪，到训练基地总指挥办公室报到。

"总指挥，您找我？"

潘万里看到马飞进门，眼睛里情不自禁地流露出欣赏之情。他微笑着拍拍马飞的肩膀："最终三人候选名单。组织决定，有你一个。"

第二十七章
可怕的秘密

马飞两眼放出光来,兴奋地拍起了巴掌:"真的?老潘你太给力了……"转身就要去找电话报告好消息。

潘万里拉住了他:"等会!你先看看这个。"

一张《东沛时报》放在马飞面前,头版大标题非常醒目:"从英雄火炬手到阶下囚,东沛大桥坍塌事故再爆隐情,原设计师马皓文实名举报设计院院长吕骁行贿受贿……"

潘万里的声音突然变得非常严肃:"你知道上天之后意味着什么?全世界的焦点。你和你家人的任何一点过去都会被无穷放大。也是为他们好——能不能不再有这种新闻?"

马飞怔住了。

从总指挥办公室怎么走回宿舍的,马飞已经不记得了,只觉得心乱如麻。

刚到宿舍门口,忽然背心被猛然一击。

"爸?"马飞惊喜地发现站在面前的竟是自己思念已久的爸爸。

热烈拥抱之后,马飞亲亲热热地拉着马皓文的手进了屋。

"怎么突然袭击？来了就多待几天，我带你在我们基地好好转转。"马飞一边倒水沏茶，一边跟爸爸聊着天，一抬头，发现爸爸正看着他微笑。

"干吗？"

"一点儿也没长高。"马皓文打趣道。

马飞丢下水壶，像是又回到了十几岁的年纪，跑到爸爸面前，摇着他的手撒娇般地叫道："爸，我！入！选！了！"

马皓文激动地站了起来："真的？看看！看看！我就说我儿子是最棒的。太棒了。"他喜得只咂嘴，忍不住摇头赞叹："咱家喜事成双啊，知道吗法院已经接受我的复审要求了……"

刚才还满面喜色的马飞突然不笑了，他直起身来，语气也冷了下来："爸……"

马皓文仍然沉浸在自己的情绪里，高兴地继续喋喋不休："还有一个有利条件，当年参与行贿的一个副厂长早就被判了，人就在里面。只要他肯配合，爸爸这案子就有机会翻过来……"

"爸！你能放弃你那点儿事儿吗？"马飞突然大声责备道。

马皓文愣住了。

马飞看着爸爸——他已经是个老头儿了，背微微驼，两鬓也有些花白。胳膊底下夹着个破破烂烂的公文包，那包怕是有二十年的历史了。身上的羽绒服还是自己淘汰下来的……他不明白这个新的时代，也不明白自己在做什么。马飞有点痛心，但是爸爸，确实落伍了！

马飞痛心疾首地说道："那桥已经塌了，案子即便翻了也不会有什么实质性的赔偿，最多就是恢复名誉。那么多年前的事儿，除了你，还有谁在乎？"

沉默良久。

马皓文吸一口气，喃喃道："懂了，全听懂了。谢谢你，我的儿子，这么为我着想。"

马飞如释重负地笑了："这还差不多。爸，你就算为了我。我是您培养的，我成功上天，所有荣誉也都是您的。您真得忙点儿正事了。跟人小高老师该有个结果了吧?别不懂事老让我催你……"

马皓文忽然轻轻地说:"我是一个很骄傲的人。"

"嗯?"马飞没料到有这样的一句,不禁一愣。

"我是一个很骄傲的人。"马皓文又重复了一遍,直直地看向马飞,"自从桥塌了之后,我这辈子没有什么可骄傲的了。只有你,我的儿子。我觉得我的教育还不错。多么可笑?现在我才知道,我的教育,是失败的。完完全全的失败。比最失败,还要更失败一点。"

马飞张口结舌,讲不出话来。

"马飞,每个人都有一座自己的桥。把自己的桥修好,在我看来,是世界上最大的事儿。"马皓文郑重地拍拍儿子的肩膀,夹起那只破旧的公文包,起身打开门,头也不回地走了。

马飞急忙追出去:"爸?爸?"

马皓文没有停步,也不回头,只是摆了摆手:"放心,不影响你的远大前程。如果有人问起,你可以说,自从那个老家伙被关进监狱那天起,你们就没关系了。"

第 二 十 七 章

可 怕 的 秘 密

狂风卷着雪花,马皓文的身影很快就消失在茫茫的白色雪雾之中。

马飞张了张嘴,没说话,终于也没有追出去。

第二十八章 回家

故事讲完了。

顾星河发出一声轻轻的叹息："怪不得飞船发射的时候你爸爸没有出现。"

"我压根没有通知他。"马飞满面愧疚地摇了摇头。

顾星河看了看马飞,也不知该如何安慰他,只好默默地闭目养神了。

马飞手里仍然拿着那只地球仪,一边想着心事一边无意识地转动,一不小心,地球仪从中间打开了。里面飘出一张纸条,上面有一行字,是一个孩子拿钢笔郑重而用力写下的。

"爸爸:像你一样,永远不认输。"

马飞的眼眶湿润了。他凝视着地球仪,一个重大的决定在心中慢慢成形。

在马飞写下那行字的地方,马皓文曾经遭受了莫大的侮辱。如今,他遭受的侮辱终于得到了补偿。马皓文看看手里的法院判决单,腰杆笔直地向家走去。一路上,过去的同事邻居都热情地向他打招呼。

显然，他重新赢得了世界的尊重。

突然传来汽车刹车的声音，一辆黑色的小轿车停在了马皓文的身边。一位空军军官从车上走了下来，向他出示了身份牌。

一瞬间，马皓文神色凝重了。

太空舱内，微盹的顾星河听到窸窸窣窣的声音，忙睁开眼睛，发现马飞正在飞船的另一端，已经穿好了宇航服。

"你这个家伙，干什么？"顾星河震惊，想要起身，却发现自己被束缚带牢牢地固定在座椅上。

马飞微微一笑："指令长，该冒的险，我是不会错过的。"

"你没有机会出舱了。如果手册上的数据真的没问题，三分钟后我就回不来了。那么，记得以后跟恰恰说，这颗牙是马叔叔帮他扔掉的。"他的大拇指和食指之间夹着恰恰的那枚乳牙，他调皮地冲顾星河挤挤眼睛，出舱了。

第 二 十 八 章

回　　家

"混账……"

马飞飘进了太空,隔着窗户,只能看见顾星河捶胸顿足地大吼,却听不见他在吼什么。

洁白的乳牙像一颗流星飞落,转瞬消失了踪迹。

马飞飘向飞船另一侧,开始维修太阳翼转轴。

"来吧来吧来吧来吧……"

顾星河知道,从马飞出舱的那一刻开始,就已经容不下任何的情绪和争执。延宕不仅毫无意义,而且是对同伴生命的谋杀。他迅速操作仪表盘,在飞船内部展开配合。

秒表从"一百八十秒"一秒一秒向归零移动……

两人的协同工作很有成效,很快,曙光号的太阳翼开始转动了。

顾星河隔着窗户兴奋地向马飞招手,一边做口型:"太棒了!回来!快点儿回来!"

马飞快速地回收绳索,最后一下想冲回来的瞬间,绳索失控了,他重重地摔在飞船上。他努力摆脱危险,恢复平衡,又一次冲向舱门……

刹那间,秒表归零了!舱门的电路嘭的一声响,冒出了火花。

顾星河震惊地瞪大了眼睛,一切仿佛慢了下来。

马飞倒忽然镇定了。他回头望向地球,微笑着喃喃道:"爸爸,你的教育,没有失败。"

博喻学校的主任办公室里,一幅崭新的相框被挂在了墙上,相框里是穿着宇航服微笑的马飞。

挂相框的人正是疯子。不,不能再称呼他为疯子了。此时他衣着整洁、神志清明,已经完全是一个正常人了。阎主任欣慰地看看他,又看看相框里的马飞,沉声说道:"我一生有两个好学生。我为他们感到骄傲。"

二〇二一年九月十五日。

对于大部分人而言,这又是一个平凡的日子。然而,对于守候在广袤的阿拉善戈壁草原上的人们而言,这一天多么重要!

第 二 十 八 章

回　　家

经过漫长而危险的旅行,我们的英雄就要回家了!

飞船准确地降落了。

涌动的人群后面,远远站着一个瘦削的背影。

飞船舱门打开了,顾星河被抬了出来,顾太太抱着女儿冲了上去。背影没有动,显得十分落寞。

舱门并没关上,片刻之后,马飞也被抬了出来。

人群中爆发出巨大的欢呼,整个世界都沸腾了。

背影抬起头来,是马皓文。

在出发前就曾采访过他的女记者急忙走上前去:"马飞你好,真是一次神奇的旅行。听说是你坚持出舱手动成功修复故障的?你又是怎么认定手册上关于出舱时间的数字是错误的呢?"

马飞和顾星河相视一笑,那一刻的情景又回到了眼前:

秒表归零的瞬间,舱门电路一个火花之后又奇迹般地恢复了正常,两人大为惊喜,都重新燃起了希望。马飞又向舱门冲去,同时供给全面报警,就在所有报警到达峰值的时候,他安全地重新返回了舱里。

"纠正一下,不是设计错误,是我们飞船系统的健壮性比想象的更好。我要由衷谢谢我们那些了不起的科学家们,他们的设计实际上远远超过了手册上的规定数字,否则我现在已经是天上的星星了……"马飞向顾星河挤挤眼睛,"对不起,指令长,这是你的梗。"

"请用一句话,形容一下你此时的心情?"

马飞想了想,眼睛看向远处,真诚地说道:"今天,万里无云,能够重新回到地球,心旷神怡的我不由感慨,真的是九死一生。现在,我只想找到一个人,对他说,对不起,我错了,之前的事情,是我鼠目寸光,在我的心目中,他永远是重如千钧的。"

没有人能听懂他在说什么,人群发出交头接耳的嗡嗡声。

女记者有点尴尬,连忙拿词找补:"我们的航天员可能是过度劳累了,需要休息。可是,你说的想找到的那个人是谁呢?"

马皓文穿过人群,慢慢地走上前来。

第 二 十 八 章

回　　家

马飞发现,他原来和爸爸那么相像!

他笑了,爸爸也笑了。

他怎么也想不到,爸爸此时,居然会说出那句话。

"这个魔术太牛了。能再变一次吗?"

后记一 不可错过的时光

《银河补习班》的诞生跟孩子太有关系,跟做父亲也太有关系,甚至可以说是冥冥之中注定要诞生在这个阶段,是我和老俞一拍即合的心理状态或者说是我们当了父亲之后的情感诉求,对我们来说,这是一部"献给父亲,送给孩子"的作品。

　　老俞说他认识到我的长大是在我父亲的葬礼上,当时我上台讲话表现得多镇定心里就有多难受,但在那一秒,老俞见证了我的成长。拍这样一部电影,也是为了献给我的父亲。有很多人会下意识地不让自己成为父亲那样的人,但我却希望我们能用一个更大更广的视角去理解自己的父亲,理解世界上千千万万个爸爸。去了解他们所处的那个时代,去了解他们经历了什么、遭遇了什么,了解之后,相信更多的人会觉得自己的爸爸非常了不起。比如我自己的父亲,我就一直觉得他是一个非常非常了不起的人,反正是比我强多了。他写字非常漂亮,是我们家里写字写得最漂亮的一个,所以我的签名也是他设计的。我爸爸家是农村的,那个时候经济环境不是特别好,当时他上学是打赤脚上的学,也没有钱吃饭，但是大学里的同学们都很喜欢他，还自发地给他捐粮票。所以我真的觉得他是一个很传奇的人。

小时候，我爸喜欢给我变一个吹口哨的魔术，就是嘴巴不动光出声，我找了很多年那个声音到底是从哪发出来的，直到很久之后我才确认那个声音是他发出来的，后来我也学会了，算是继承了他的艺术细胞吧。当然了，我爸爸绝对不是马皓文，或者说马皓文和他有相似的地方但又不能完全地画等号。在我的印象里，爸爸总是忙着开会，但也特别爱孩子，总会背着别人给身边的任何一个小朋友递个眼色，然后带着他们去买一些家里大人不让吃的零食。

我和老俞可能都是家庭主义者，我们现在也在感慨这个事情，尤其是当爸爸的这个经历让我获得了更多能量。原来很多时候我会觉得工作很重要，有了孩子之后，觉得离开他们一次那么久，很愧疚很不舍。我以前一直觉得我们的教育好像有倾斜性，你是大人，他是"小人"。但后来慢慢地发现其实并不完全是这样，很多时候是有了孩子，你才知道原来自己有那么多爱的能力,这种成长和教育是相互的。比如以前在买礼物方面和关心人的方面,我时常会被老婆吐槽,但是有了孩子之后我在这方面绝对是升级了,这就是下一代给你的一个重新学习的机会,让我们重新学习到爱,这也是我们想通过电影传达给大家的,这是一部关于爱和教育的电影。

我还觉得一个挺有意思的事情就是,现在我们做的这个事情是和整个世界产生联动的,或者说不管我们在做什么,电影也好舞台剧也好,都是特别能触动自己以及别人心里最深处的记忆的。印象特别深的是我第一次见到马皓文家的布景,一下就酸了,回头看了一下老俞,他也一样,那真的是一个特别奇怪的化学反应。同时我们又再去看各处的细节,属于那个年代的气息扑面而来:厨房的帘子、挂历、压酸菜的坛子,甚至是地上的灰尘……相信你们会在电影的各种细节里看到熟悉的场景,熟悉到你已经不能再用理性去分析而是得用感性来感受。然后说一句:"嗯,这就是我童年的味道,是某一年我家的味道。"或者说是某某一段时间中国的味道。

我很享受《银河补习班》从创作到最后完成跟观众见面的整个过程,希望它也能带给大家更多的感动,尤其希望它能带给所有年龄层的观众更多的情感共鸣,希望大家看完之后都开始琢磨自己不可错过的时光。

邓　超

后记二 那些后悔过的瞬间

有一次邓超在车上问我说："哎，咱们电影的全部故事讲完之后得写点什么吧，就一行字。"我想想说："我们应该写最朴实的一句话——献给我们的父亲。等观众看完之后隐掉，同时再出另一行字——送给我们的孩子。"很简单的，我们希望这部电影就是一个礼物，能献给我们的父亲，送给我们的孩子，同时也为了弥补那些我们曾经后悔过的瞬间。

拍这样一部电影是我们早已定下的事情，甚至可以说是四五年前，在我们还没打算做电影的时候，就定下来的事情，但是我们之前一直觉得自己的准备不是特别充分。过去的两三年里我们想了很多细节，互相交流了各自人生中的不同体验。我们一直在设想，设想主人公最后变成了怎样的人，我们希望他通过好的教育变成最优秀的人，但是一直也没能设想好他最后的结局，因此这个问题也一直遗留，成为我们剧作中剩下的唯一问题。

直到去年的一天，我到苏州出差，在高铁上丢了钱包。手忙脚乱之中邓超打电话给我，他说："哎。我想到了，我们去宇宙吧。"慌乱之中我并没有觉得这是一个多么好的点子，直到钱包找到，又过了几分钟，我很兴奋地给邓超回过电话去："你说得对，简直太对了，我觉得我可以开始写剧本了。"当时的感觉就像我们一直在养一个大西瓜，把它养到一个最饱满的阶段之后，我们就把它切开了，我们找到了最好的表达方式。

故事的设定是发生在上个世纪九十年代，我们把故事的背景设置在这个年代也是刻意为之的。我们希望这个故事能承载住一个很大的历史变迁，因为记录历史变迁对我们和这个故事来讲也是很重要的一环。

这个戏还有另外一个主题——时光。过去几十年中国经历了很大的变迁，我们希望在电影中刻画出我们共同经历的那些刻骨铭心的瞬间。电影中有一个作文题目就叫做《不可错过的时光》，其实在现实生活中我就不知不觉地错过了很多时光，比如说缺失了对武子棋的陪伴、对父亲的陪伴、对家人的陪伴。有一次我父亲病了六七个月，我居然都没有回去，我现在真的是觉得不可思议。然后那年我过年回去的时候，我父亲来机场接

后 记 二

那 些 后 悔 过 的 瞬 间

我,那一瞬间,我真真切切地感觉到他老了。我前两天回到西安家中看家里的照片墙时我也有发现,我对父亲说:"二〇〇四、二〇〇五年时您就是六十岁出头的样子,但是在某一年一下就变成了快七十岁的样子。"就好像我没回去的那几个月他突然有了这样的变化,说实话现在回想起来我感到特别内疚,因为现在我完全不记得那段时间做了什么工作,但居然有那么长的一段时间没有见过我的父亲,我觉得真的很荒唐。

所以说电影真的是一个很神奇的东西,时间往前走,但电影能把已经消失和已经错过的时光都给你带回来。真心希望这个电影能够让你们和我们一起拥有相同的情感,希望它能够让我们的情感在故事里面悄悄地连接起来,希望我们的灵魂能在电影院里产生共鸣。

俞白眉

图书在版编目（CIP）数据

银河补习班/俞白眉，武田田著.—上海：文汇出版社，2019.7
ISBN 978-7-5496-2911-4

Ⅰ.①银… Ⅱ.①俞… ②武… Ⅲ.①长篇小说－中国－当代 Ⅳ.①I247.5

中国版本图书馆CIP数据核字（2019）第114356号

银河补习班

著　　者	俞白眉、武田田
责任编辑	徐曙蕾
封面装帧	人马设计
策划监制	牧神文化
特约编辑	王辉城　林盛威　何　瑞
出版发行	文汇出版社 上海市威海路755号 （邮政编码200041）
印刷装订	上海盛通时代印刷有限公司
版　　次	2019年7月第1版
印　　次	2019年7月第1次印刷
开　　本	880×1230　1/32
字　　数	115千字
印　　张	8.50

ISBN 978-7-5496-2911-4
定　价　49.00元